ベリーズ文庫

冷徹副社長と甘やかし同棲生活

滝沢美空

STARTS
スターツ出版株式会社

目次

プロローグ

ようやく最終面接までやってきた。もう絶対に失敗したくない。必ず内定をもらって、つらいつらい就職活動から卒業するんだ。

「では、まず自己PRからお願いします」

「はいっ！　あ、あの、私は、えっと……」

張りつめた空気と若い男性面接官の冷たい声に、頭の中が真っ白になった。収容人数二十人くらいの広い会議室に、面接官とふたりきりという状況で余計に緊張する。私が座っている位置から面接官までは二メートルもないのに、声を張らなければ届かないような気がしてしまう。

今日まで自己PR文を何回も作り直して何十回も声に出して読み上げてきたのに、ひとつも出てこない。緊張しすぎて、自分の名前すらうまく声に出せない。

面接官と目を合わすこともできずにうつむいて、震えを隠すようにスカートの裾をぎゅっと握りしめた。

どうしよう、このまま何も話せなければ確実に落ちてしまう。もうすでにダメかもしれないけど、これまでの努力を無駄にしたくない。ちゃんと面接を受けたい。

お願いだから落ち着いて、私……。

「いったんリラックスしようか」

「え……？」

思わず顔を上げたのは、面接官の発言が意外だったからではない。彼の声がすごく優しかったからだ。

「そういえば、まだこちらの自己紹介をしていなかったな」

「は、はい」

「私は副社長の椿（つばき）隆弘（たかひろ）だ。今回のような一対一の面接には慣れていなくてね。君が極度に緊張しているのは、私が原因かもしれない」

彼は申し訳なさそうに笑った。私が不甲斐（ふがい）ないだけで、副社長は全く悪くないというのに。

「いえ、そんなことは……」

「それならいいが……。落ち着くまでいくらでも待とう。そして、君の百パーセントをぶつけてくれ」

そう話しながら優しく微笑（ほほえ）む副社長に、目を奪われた。

流れるように整えてあるストレートの黒髪、形の綺麗なつり目、すっと通った鼻。

面接官がこんなにカッコいい人だったなんて、今になって初めて気がついた。今度は違う意味で緊張するけれど、せっかく副社長にもらった挽回のチャンスを無駄にしたくはない。静かに深呼吸をして心を落ち着かせた。

「もう一度最初から面接、よろしくお願いいたします！」

勢いよく立ち上がって、思いっきり頭を下げた。今の私にできるのは、動作のひとつひとつに熱意を込めることくらいだ。

「ああ。では始めさせてもらう。まずは自己PRを聞かせてくれ、柏木美緒さん」

「はい！」

……不思議だ。副社長に名前を呼ばれた瞬間、身体中に電気が走ったように感じた。この人に私のことを知ってほしいと思った。

会社の志望動機だけじゃない。今までやってきたこと、得意なこと、苦手なこと、一番頑張ったこと、全部全部知ってほしい。そして……私をあなたのもとで働かせてほしいと思った。

初めて会ったばかりなのに、どうしてこんな気持ちになるのだろう。

「私は子どもの頃から実家の定食屋を手伝っていました。この経験から、決められた時間の中で優先順位を決め、要領よくこなすことを……」

　自己ＰＲを話し終えたあと、副社長から「座って話してもらってかまわないよ」と言われ、ようやく自分が立ったまま話していたことに気がついた。座るとすぐに志望理由を聞かれる。

「広告事業に興味を持ったきっかけは、定食屋のある商店街を活気づけたいと考えたことです」

　数分前の自分が見たら驚くくらいに、すらすらと言葉が出てきた。ほかには、学生時代に打ち込んだことや時事問題に関する質問を受けた。しょっぱなに失敗したけれど、今までで一番うまく話すことができたと思う。あとは、副社長がどう判断してくれるかだ。


「――以上で面接は終わりだ。気をつけて帰るように」

「はい、ありがとうございました」

　バッグを手に持ち、立ち上がって丁寧にお辞儀をした。もとの姿勢に戻り、副社長に背を向けて出口へと進む。

「……四月、会社で待っている」

「えっ?」

予想外の言葉をかけられて思わず振り返ると、副社長は優しく微笑んでいた。

「うちは結構厳しいから、覚悟しておけよ」

聞き間違いじゃない。

私は面接に通った。内定をもらえるんだ。

自覚した瞬間、熱いものが込み上げてきて涙が出そうになった。

「ありがとうございます! よろしくお願いします!」

副社長に涙を見られるのが恥ずかしくて、深く頭を下げて顔を隠した。

このうえない達成感で胸がいっぱいになる。ようやくこのリクルートスーツともおさらばできるんだ。

でも、喜びの理由はきっとそれだけじゃない。副社長とまた会えるって考えると、すごく嬉しかったから。

内定が決まった大学四年の五月から入社するその日までずっと、私の胸は期待で満ち溢(あふ)れていた。

来年の四月が待ち遠しい。早く社会人になりたい。副社長に会いたい。またあの優しい笑顔が見たい……。

だからこそ、入社後〝ある事実〟を知った時の衝撃は凄まじかった。

まさかあの副社長が、社員から〝鬼の副社長〟と呼ばれていたなんて……。

同棲生活の始まり

鬼の副社長

〝鬼の副社長〟

その言葉を初めて聞いたのは、入社して三週間が過ぎた頃だった。

約二週間の新入社員研修を終え、マーケティング部に配属されてから早一週間。

まだ新しい環境に慣れていない私でも、今朝、出社してすぐに職場の空気が張りつめていることに気がついた。

「菅野さん、今日は何かあるんですか?」

「あー、そっか、カッシーにはまだ言っていなかったよね。今日、鬼の副社長が来るんだよ」

右隣に座っている二年先輩の男性社員、菅野さんに聞いてみると、予想だにしない答えが返ってきた。心なしか、彼の顔が引きつっているように見える。

副社長が話題に出て、私の心が跳ねる。

でも、〝鬼〟ってどういう意味だろう。

私の知っている副社長は優しい笑顔が魅力的で、鬼という言葉は似合わない。きっと、もうひとり副社長がいて、その人が震え上がるほどに怖いのだろう。

私は勝手にそう解釈をして、彼との会話を続けた。

「鬼って……怖い人なんですか？」

「怖いってもんじゃないよ。副社長に仕事ができないって思われたらもう最後、即クビにされるんだから」

そう話す菅野さんの眉間にはみるみる皺が寄っていく。

「ええ、クビに⁉」

「怖いよね。勤務態度も厳しく見られていてさ、こうやって雑談してるだけで減給対象になったり……あ、カッシーはこれ持ってる？」

菅野さんは、デスクの引き出しから名刺サイズの紙を取り出した。

なんだろうと思って覗いてみると、『鉄の掟』という文字が目に入った。

「鉄の掟？」

「簡単に言えば、うちの従業員はこれを全部守れってこと。何枚も持ってるから一枚あげるよ」

「ありがとうございます」

「副社長が来る日は、デスクに見えるように置いておくといいよ」

菅野さんのアドバイス通り、最も視界に入る場所であるパソコンのディスプレイに貼っておいた。

「午後は副社長が来るから、誰とも雑談しないで真剣に仕事に取り組まないとね。あ、もちろん質問はいつでもして」

「いろいろ教えてくださり、ありがとうございます。助かります！」

「いいよぉ、可愛いカッシーのためだったらさ」

親指を立てて、にかっと笑う菅野さんに対して、どんな反応をしたらいいかわからなかったけど、とりあえず笑顔で返しておいた。

菅野さんは仕事がデキる人なんだと思う。

ひとつ質問をしたら何倍にも膨らませて返事をくれるし、よく彼宛に電話がかかってくるからだ。取引先からの信頼も厚いらしく、この前の飲み会で部長は『菅野はうちのエースだ』とご機嫌な様子で話していた。

仕事がデキるうえに、入社三年目で年齢が近いのもあって話しやすい。こういう先輩の直属で運がいいのかもしれないけれど、彼の軽いノリだけは少し苦手だ。

よく『今日も可愛いね』『オシャレだね』と褒めてくれるけど、どんな反応をすればいいのかわからない。

ブラウンのロングヘアも、雑誌を参考にして買ったオフィスカジュアルな服も至って普通だし、モデルのように身長が高いわけでも、スタイルがいいわけでもない。しいて言えば、たまに『目がくりっとしている』と言われるくらい。
特徴がないと自分でもわかっているから、菅野さんの褒め言葉はどうしても素直に受け取れないでいる。
「……とりあえず、鉄の掟を頭の中に叩き込んでおきます」
菅野さんとの話を終わらせ、ディスプレイに貼った鉄の掟の内容を目で追ってみる。
『一．業務時間中の私語及び、大声での会話を禁ずる
二．業務に関連のないＷＥＢページの閲覧を禁ずる
三．無断遅刻・無断欠勤を禁ずる
四．常に向上心を持つべし（一ヵ月に最低三冊は本を読むこと）
五．残業時間が多いほど、要領の悪い人間であると自覚せよ――』
副社長が作った鉄の掟は十ヵ条で、社会人として当たり前のことが書かれているように感じた。どれほど厳しい内容なのかと身がまえていただけに拍子抜けだ。
「意外と普通のことが書かれているなって思った？」
「正直、そう思いました」

心を見透かされたような気がしてドキッとした。そんな私を見て、菅野さんは得意げに笑っている。でも、どうしてわかったのだろう。

「俺もさ、最初はこんなのラクショーって思ってたんだよね。でも、これを全部、常に守るっていうのは結構きついわけ。息抜きで雑談したり、ネットサーフィンしたい時もあるしさ」

「そういうものなんですね」

「それに、守ってないってバレたら減給や降格になるし、ほんとに大変だよ。まあ、副社長は天才的に仕事がデキるし自分にも厳しいから、誰も文句は言わないけどね。皆怖がっているけどさ、あの完璧なルックスのおかげでそれなりにファンもいるらしいよ」

菅野さんはため息交じりに呟(つぶや)く。

「減給や降格になるのは嫌ですね……」

鉄の掟には、社会人として守って当然のことが書かれていると思う。けれども、これが守れなかったからといって、たった一回だけで処罰(しょばつ)されるのはおかしい気がする。

うちの会社の従業員は一万人以上いるけど、全員がこの掟に怯(おび)えながら働いていると思うとぞっとする。

数多くのテレビや雑誌、新聞広告に携わっていて、広告業界の中ではトップクラスの企業のはずだ。けれど、実はとんでもないブラック企業だったりして……。『大学生が就職したい企業ランキング』ではトップ常連なのに、入ってみないとわからないことがあるのかもしれない。

そもそも、会社のトップは社長で、副社長だってもうひとりいる。いくら怖いほうの副社長に権力があるとはいえ、余りに横暴なことは彼らが許さないはずだ。

「あの、社長やもうひとりの副社長は、鉄の掟についてどう思っているんでしょうか」

「へ？　何、もうひとりの副社長って」

目を見開き、きょとんとする菅野さん。

何か見当違いなことでも言ったかな？

「えっと、副社長ってふたりいるんじゃないんですか？」

「いないよ。鬼しかいないから」

「……え？」

菅野さんは、会話の途中でノートパソコンを操作し始めた。ほどなくして、私にも見えるようにパソコンの向きを変える。

ディスプレイには、うちの会社のホームページが映し出されていた。

「役員紹介のページ見てみなよ。ほら、ひとりだけでしょ？」

「確かに……」

副社長として紹介されているのは、椿さんだけだった。

つまり、彼は社員から〝鬼〟と恐れられているということになる。この鉄の掟を作ったのも、厳しい処罰を与えるのも、あの人だというのか。

面接の時はすごく優しくて、緊張している私を見守ってくれた。

そんな彼に憧れて、早く社会人になりたいって思っていた。ほんの十数分だったけれど、副社長の温かい人柄を充分に感じられた。

……そう思っていたのは、私ひとり？　勝手に、頭の中で理想を作り上げていただけなのかな？

答えなんて出るはずもないのに、何度も自分に問いかける。菅野さんはずっと何か話していたけど、全く耳に入ってこなかった。

何も手につかないまま午前中が終わり、オフィスを出てエレベーターホールへと向かった。十二階にある食堂前で、同期の女性社員ふたりと待ち合わせている。

私が勤務する本社ビルは四十五階建で、マーケティング部は二十五階にある。ランチタイムや帰宅時は混み合っていて、エレベーターが到着しても乗れないことが多い。今日も三回くらい見送って、ようやく乗ることができた。

食堂前に到着すると、私以外のふたりはすでに来ていた。「待たせてごめんね」と謝りながら駆け寄ると、笑顔で「お互い様だよ」と言ってくれた。

彼女たちとは配属がバラバラだけど、毎日一緒にランチをして情報交換している。けれど、副社長については一度も話題にのぼったことがない。そこで「うちの副社長って怖いらしいね」と何げなく口にしてみると、彼女たちの顔色が変わった。それから急に周りを気にし始め、声をひそめる。

「美緒ちゃん、副社長の話なんてしたらダメだよ。噂しているってバレたら大変だし、話題にするだけで恐ろしいよ……」

「この前うちの部署にも来てたけど、すごく怖かったんだから。今日も各部署を偵察しているみたいだし、この辺にいるかもしれないよ？」

どうやら、すでに彼女たちの部署には偵察があったようで、〝鬼の副社長〟を知らなかったのは私だけらしい。

「ご、ごめん。何も知らなくて……違う話をしようか」

適当に思いついた話題を振ると、彼女たちはほっとした表情を見せた。

　本当はどうしてそこまで恐れられているのか聞きたいところだったけど、ぐっと我慢した。午後にはうちの部署にも来るようだし、その時の様子を見れば、すべてがはっきりするだろう。

　先輩たちは副社長の偵察がとても嫌そうだった。ひとりひとりの身だしなみやデスク周りに置いてあるものなど、細かいところまでチェックされるのが憂鬱らしい。

　それでも私は、副社長に会えるのを待ち遠しく思っていた。


　そして、とうとうその時がやってきた。

「副社長、ようこそお越しくださいました！」

　入口でスタンバイしていた部長の声に合わせ、マーケティング部四十人全員が立ち上がって一礼した。うちの部は八人ずつのグループが五つあって、グループごとに机で島を作っている。机は部屋の端にある入口から見て縦に並んでいて、第三グループの私は真ん中の列の一番奥で、入口に背を向けるようにして座っている。そのため、急いで身体の向きを変え、先輩方の真似をして頭を下げた。

「皆速やかに業務に戻るように」

心に響くような低くて太い声。機械的な話し方で、面接の時とは全く違っていた。顔を上げると、肩で風を切るように歩く副社長の姿があった。面接の時は座っていたから気づかなかったけど、飛び抜けて背が高く手足が長い。おそらく百八十センチ以上はあるだろう。

まるでモデルのようなスタイルに、突っ立ったまま目を奪われていた。

「カッシー、早く座って」

副社長の背中を見つめ続けていると、菅野さんに小声で注意されてしまった。さっとフロアを見渡し、ようやく私以外の社員全員が席に着いていると気づく。

「はい！　すみません！」

我に返り焦った私は、いつもより大きな声で返事をしてしまった。普段だったら周囲の声に多少紛れるだろうに、この異様に静かな空間では悪目立ちしてしまう。現に、皆の視線を四方八方から浴びてしまっている。

副社長の耳にも届いていたようで、こちらを振り向いた彼とばっちり目が合ってしまった。射るような目つきが怖くて、たまらずうつむく。

『一．業務時間中の私語及び、大声での会話を禁ずる』

鉄の掟第一条が、頭の中で何度も繰り返される。

どうしよう。入社早々、叱られて減給になってしまうかも。

最悪のシナリオを想像して嫌な汗をかき始めた私に、副社長は思いがけない言葉をかけた。

「新入社員か。元気があって何よりだ」

副社長は独り言のように呟くと、再び背を向けて歩き始めた。気のせいかもしれないけど、面接の時のように優しく笑っているようだった。

絶対に怒られると思ったのに。身がまえすぎちゃったのかな。

拍子抜けしてしまい、崩れるように椅子に座った。

「カッシー、この数字をシステムに打ち込んでくれる？」

「わかりました」

菅野さんから営業部の人に渡す資料の作成を頼まれた。第三グループはマーケティング分析をしたうえで、売り上げ効果の高い広告の提案を行っており、営業部と一緒に客先へ向かうこともある。

契約に繋がる大事な仕事を与えられているというのに、副社長の存在が気になって全く集中できない。目線はディスプレイに向けつつ、それ以外の全神経は彼に向かっていた。

「……この本は、業務にどう関係があるんだ？」

「これは、ある商品のマーケティングに必要でして……」

話しかけられた男性社員の声は、明らかに震えていた。

「ならいいが。業務に不必要なものを持ち込み、デスクに置いていたならば、処罰の対象になるということを覚えておけ」

「は、はい！　承知いたしました！」

副社長はオフィス内を回り、気になったことを社員に質問……というよりは尋問していた。

派手すぎる容姿の人や、デスクに雑誌などを置いていた人が対象のようだ。

私は彼らが注意されていたことを忘れないために、こっそり手帳にメモを取った。

「……鈴木(すずき)部長、先日提出してもらった資料の件だが」

「はい、何かご不明な点でもございましたか？」

「これでは必要な情報を網羅(もうら)しているとは言えないな。分析もまだまだ甘い。ここはマーケティング部だろう？　リサーチ不足では話にならない。明日までにやり直せ」

「大変申し訳ありません。私の力が及ばず……」

部長は何度も何度も頭を下げて謝っていた。焦っているのか、額に汗が光っている。

いつも偉そうに、椅子にふんぞり返って座っている姿からは想像もつかない。部長は白髪交じりのメタボ体型で、おそらく五十歳は超えているだろう。副社長の歳は知らないけれど、部長のほうが上なのは間違いない。

「市場は日に日に変わっていくものだ。トレンドに乗り遅れないよう研究を怠るな。そうでなければ、膨大な人件費が無駄になる。会社の利益にならないものは、即、切り捨てるから覚えておけ」

副社長は両腕を組みながら、強い口調で言い放った。

「はいぃ……！　二度とこのようなことがないようにいたします！」

頭を下げ続ける部長に背を向け、副社長はオフィスをあとにした。

もう彼は去っていったというのに、しばらくは誰も話そうとしなかった。副社長の厳しい言葉に、マーケティング部全体が放心状態になっているのかもしれない。

「残業して、一生懸命作ったのに……」

隣のグループの女性社員は哀しそうに呟きながら、ハンカチで目を押さえた。鼻を啜(すす)る音も聞こえてくる。

「第四グループ、報告資料を作るために相当残業してたけど……。明日までってきついだろうな」

菅野さんは女性社員に同情しているようだった。

私は何も答えられなかった。彼らのように仕事を任された経験がないため、同情できる立場ではないと思ったからだ。

ただ、新入社員の私でも、副社長が厳しすぎるということはわかる。もっと優しい言い方だってできるのに、どうしてあんなに威圧的な態度を取るのだろう。

副社長への憧れが強かっただけに、彼が〝鬼の副社長〟であったという事実は、私の心にかなりの衝撃を与えていた。

定食屋かしわぎ

社会人になって初めての長期連休、ゴールデンウィークがやってきた。

これといって出かける予定もなかったので、久しぶりに両親が営んでいる『定食屋かしわぎ』を手伝うことにした。

店は商店街の中にあり、家族三人で住む家から商店街へは徒歩五分くらいの距離だ。

昔から父さんが料理、母さんが接客を担当していて、アルバイトも何人か雇っている。余裕がある時は父さんもフロアに出てきて、常連客との会話を楽しんでいることもある。

父さんは角刈りでいつも気難しい顔をしていて、〝昭和の頑固親父〟という言葉がぴったりの人だ。

母さんはまんまる体型で、いつも割烹着と白い三角巾を身に着けている。

ふたりとももうすぐ還暦だけど、店はこれからも続けるつもりらしい。

私は高校一年から大学卒業まで父さんに料理を学び、キッチンで働いてきた。

店のある商店街近辺にはいくつか大学があり、うちは学生向けに安くてボリュームのあるメニューを提供している。四人掛け席が六つしかない小さな店だけど、三十年以上、営業を続けられたのは学生たちによる支えが大きいだろう。ちなみに、父さんと母さんは彼らから実の親のように慕われている。

親しみやすい店の雰囲気と、家庭的な味が『かしわぎ』の自慢だ。

「母さん、掃き掃除終わったよ」

外の掃除を終えて中に戻ると、母さんはレジ近くにある花瓶に花を生けていた。

「ありがとね。手伝ってくれて助かるけど、休日まで働かなくても大丈夫だよ。いい天気なんだから出かけておいで。開店準備は母さんだけでもなんとかなるしさ」

母さんは困ったように笑う。きっと平日は毎日会社勤めしている私に、休日くらいはのんびりしてほしいと思っているのだろう。

「せっかくの休みだから、何か予定を入れるつもりだったんだけどね。大学の友達は帰省している子が多いし、そもそもそんな気分でもなくなっちゃって」

ふきんでテーブルを拭きながら、小さくため息をついた。

「元気がない理由は、副社長のことかい？」

母さんには子どもの頃からなんでも相談していて、副社長についても、面接で優しくしてもらったことから、社内では鬼と呼ばれていることまで話している。

「うん、まあ。マーケティング部が残業規制になったのも、副社長の指示らしくて……それなのに仕事量は増えて、皆大変そうにしてるよ。どうして部下にそこまで厳しくするんだろう。あんな人だとは思わなかったな」

私が拭いたテーブルに、母さんは割り箸や調味料を並べていく。

「どうしてそんなに落ち込むの？　もしかして、副社長のことが好きなのかい？」

「何言ってんの、そんなわけないじゃん。どっちかっていうと憧れかな。ほら、好きなアイドルが実はすっごく性格悪いって知ったら落ち込むでしょ？　それと同じだよ」

図星を突かれたわけでもないのに、なぜか慌てた口調になってしまった。

「ふーん、なんでもいいけどね。母さんは早くあんたから、浮いた話でも聞きたいよ」

母さんは大きなため息をついた。

「う……」

この手の話をされると耳が痛い。なぜなら、今までまともな恋愛を経験してこなかったからだ。中学・高校の時に二、三人と付き合ったことはあるけれど、どれも数ヵ月以内に別れている。大学は女子大だったため、出会いすらなかった。

母さんは『合コンに行けばいい』とよく言っていたけれど、恋愛慣れしていない私が参加したところで収穫があるわけない。母さんもそのくらいは予想がつくだろうから、きっと私をからかっていたに違いない。

　よく考えるとムッとしてしまうけど、まんまるボディに割烹着を着ている姿はとっても愛らしくて怒るに怒れない。

「じゃあ、私はキッチンに入るから」

「ありがとう。美緒が手伝ってくれたら父さんも喜ぶよ。最近、元気ないからねえ」

「そっか。いろいろ大変だもんね。お店は大丈夫なの？」

「あんたは気にしなくていいよ。ほら、早く行っといで」

　母さんは一瞬表情を曇らせたけれど、すぐに笑って私の背中をぽんぽんと叩いた。

　この笑顔を見ればいつだって安心するけれど、今回だけは違った。『定食屋かしわぎ』……いや、この商店街全体が抱えている問題は、そう簡単に解決するものではないのだ。

「父さん、何か手伝うことある？」

　店内奥にあるキッチンに入ると、父さんは椅子に座って新聞を読んでいた。

「いや、今はない。開店したら頼む」

「わかった」

　父さんはすでに下準備を終えているようだ。

口数が少なくて無表情なのはいつものことだけど、心なしか元気がなさそうに見える。ここ数ヵ月でぐっと老け込んだ気もする。

本当は父さんにいろいろ聞きたいし励ましてあげたいけれど、ぐっとこらえた。

そうこうしていると、アルバイトの男子高校生と女子大生がやってきた。男の子はキッチン、女の子は接客を担当してもらっている。


十一時になると、母さんは店の出入口に『営業中』と書かれたプレートを吊るした。

さすがに開店前から並ぶほどの人気店ではないけれど、数分後にはほぼ満席になっていた。母さんが順々に注文を取っている。

「今日は忙しくなりそうだね。休みで閉まっているお店も多いから、ひとり暮らしの学生さんが来ているのかもね」

「そうだな」

父さんが短く答える。

キッチンの入口には長いのれんがかかっているから、あまり客席は見えないけれど、注文のペースと長年の経験で混み具合が予測できる。

今日はおそらく、十四時過ぎまで断続的に客が来るだろう。

「美緒、唐揚げはまだか？」

「あと少しでできるから」

私は父さんに返事をしてすぐ、アルバイトの男子高校生に「セットの準備よろしくお願いします」と伝えると、「了解です！」とテンポよく返事が来た。

父さんと私はメイン料理を作り、アルバイトの人が、ご飯や味噌汁、サラダなどの準備をするという流れになっている。どちらも冷めた状態では出せないため、連携が何より重要なのだ。


「唐揚げ定食できました！」

アルバイトの男の子が、店内にいる母さんに声をかけた。

「はいよ！　これでいったん落ち着くから、皆交代で休憩しておくれ」

ランチタイム最後の注文を出し終えて、キッチン担当は一斉に安堵のため息をつく。

時計の針は十四時を過ぎていた。

予想が的中したことが嬉しくて、思わず口元が緩む。

「まずはお前から休憩取ってこい」

「はい、ありがとうございます」

父さんから声をかけられたアルバイトの男の子は、まかない料理を持って休憩室に移動した。

「美緒、父さんは今のうちに買い出しに行ってくる。俺が帰ってきたら、今度はお前が休め」

「わかったよ、気をつけていってらっしゃい」

父さんは普段着に着替えてから、財布を持って出かけていった。

そのあとは手持無沙汰になったので、キッチンの隅のほうで、アルバイトの女子大生と雑談して時間を潰した。

「この前、また借金取りが嫌がらせに来たんですよー」

アルバイトの女の子は、頬を膨らませて怒っている。

「そうだったんだ……大丈夫だった？」

「はい、店長が追い返してくれたので。でも、怖かったです」

「嫌な思いをさせてごめんね……」

私が店を手伝っていた時にも何度か来たけれど、いつも父さんが対処してくれた。『キッチンから出るな』と言われていたため、借金取りの顔は見たことがない。もし、このタイミングで彼らが現れたらどうしたらいいんだろう。とても母さんひとりの手には負えないくらい、手強い相手なのだ。

まあ、そろそろ父さんも戻ってくるだろうし、心配しなくても大丈夫か。

そう楽観的に考えていた時だった。

「おばちゃん、いい加減、貸した金返せやあ!」

店内から耳を塞ぎたくなるような怒鳴り声と、椅子が倒れるような大きな音が聞こえてきた。

私たちはフロアの様子が見えやすいところへ移動し、借金取りにバレないように隠れつつ、息を呑んで見守る。

「今は営業中です。迷惑行為はやめてください!」

母さんは店を守ろうと声を張り上げて、借金取りに立ち向かっていた。

「客って、全然おらんやんけ。こんな店、とっとと潰しちまえや。土地を売るくらいしか金返せる方法ないやろ? おばちゃんみたいなデブ、風俗に雇ってもらうのも無理やろうしなあ!」

「それはさすがに失礼ですぜ、アニキ」

アニキと呼ばれた男とその手下は、母さんをバカにするように笑った。

なんて耳障りな笑い声なのだろう。店のことも、母さんのこともあんな風に言うなんて許せない。借金だって、そもそも地上げ屋の姑息な罠に引っかかってできたものなのに。

「……とにかく、今日はお引き取りください」

「はあ？　ふざけんな！　わしらをナメとんのか！」

借金取りの男は激昂し、レジ近くにあった花瓶をつかみ、床に叩きつけた。ガラスの割れる音が店に鳴り響く。

「や、やめてください！」

母さんの叫び声を耳にして、私はいても立ってもいられなくなった。

『定食屋かしわぎ』は私にとっても大切な場所だ。父さんと母さんだけに負担をかけるわけにもいかない。母さんがあいつらに何かされる前に、私がなんとかしなきゃ。

「もうそれ以上はやめて！」

勢いに任せてキッチンから飛び出した。解決策なんて全く浮かんでいない。私が出ていったところで、どうにもならないかもしれない。それでも私は母さんをひとりにはしておけなくて、庇うように母さんの前に立った。

「美緒、あんたは奥に入ってなさい！」

母さんは私の姿を見るやいなや、怒鳴るように言った。顔面蒼白(そうはく)で、今にも泣きだしそうだ。

いくつかの椅子や飾り物は壊され、床に落ちた花瓶は割れていた。今朝生けたばかりの花は踏み潰されてしまっている。さらに、至るところにお札が落ちている。

おそらく、レジにあったお金を渡して帰ってもらおうとしたのだろう。

店内にいるお客さんは、すでに食事を終えた様子の、サングラスをかけたパーカー姿の男性ひとりだけだった。

「そこの女、もしかしてこの店の娘か？」

店の入口付近にいる、リーゼント頭で目つきの悪い男が話しかけてきた。えんじ色のスーツに柄物のシャツ、ゴールドのネックレスを身に着けている。ドラマや漫画に出てきそうな、いかにも〝借金取り〟という感じの見た目である。

「アニキ、この女、なかなかいけそうですぜ」

リーゼント頭をアニキと呼ぶ男は坊主(ぼうず)頭で、スカジャンを羽織っている。にたにたと笑っていて、かなり気持ちが悪い。

「お前もそう思うか？　地味やけど、なかなかいい身体してそうやしなあ。風俗でそれなりに稼(かせ)げそうや」

「ふ、風俗⁉」

リーゼント頭は、私を舐め回すように見ながら、ゆっくりと近づいてくる。

ニヤニヤと笑う顔はとても下品で、いたたまれなくなって、両腕で自分を抱きしめるように身体を隠した。

「お嬢ちゃんが風俗で働くか、この店売るか。この二択や。まあ、普通の親やったら可愛い娘に身体売らせるなんて、できひんよな？」

母さんを脅迫するような言い方が許せなくて、私は必死に反論した。

「そんなこと、どっちもできるわけない！　そもそも借金だって、あなたたちの仲間が仕組んだことでしょう？　返す義務なんて……」

強い口調で言いたいのに、恐怖から声が震えてしまう。

「義務も何も、あんたんとこのバカ親父が金借りたのは事実や。早く返さへんと、一千万どころじゃ済まなくなるで」

「一千万も……」

借金のことは知っていたけど、そんなに大きな額だったなんて……。

半年くらい前のこと。

うちだけでなく、商店街にあるいくつかの店に投資話が持ちかけられた。寂れかけた商店街をもう一度活気づけるために、目玉となる新規店舗を作るというような話だった。

父さんを含めた店主たちはお金を借りてまで投資話に乗ったけど、結局は詐欺だった。新しい店を作るなんて話は嘘で、借金だけ背負わされてしまったのだ。

一向に話が進まず、おかしいと感じた時にはすでに遅かった。詐欺を持ちかけてきた男の名刺に書かれていた住所はでたらめで、携帯電話も解約されていたので連絡も取れず……警察に相談したけど、いまだに行方がわからないらしい。

新しい施設を作るために、地上げ屋はもともと私たちを立ち退かせようとしていた。けれど、誰も首を縦に振らなかったから、私たちが借金を背負って店を放さざるを得ないように仕組んだのだとあとから噂で聞いた。

実際に、詐欺にあったせいで店の経営は苦しくなってしまった。本当はアルバイトに給料を払う余裕もないけれど、情に厚いうちの両親はそのまま雇い続けている。

「どんな理由にせよ、借りたお金は必ず返します。けれど、その選択肢はどちらも呑めません。一生懸命働いて返しますので、もう少しお待ちいただくことはできませんでしょうか……」

母さんは、こんな汚い男たちに何度も「お願いします」と言って頭を下げていた。その姿に胸が苦しくなる。母さんはああ言っているけれど、実際に返済することなんてできるのだろうか。

彼らは地上げ屋とグルだから、私たちが『店を手放す』と言うまで取立てを続けるつもりだろう。

父さんと母さん、そして私もこの店を大切にしている。誇りに思っている。けれども、このままではどんどん悪い方向に進んでいってしまう気がした。

「おばちゃん、言ったやろ？　二択やって。少しは痛い目みないとわからんのやったら……嬢ちゃんは、こっちで預からせてもらう」

リーゼント男は私の手首を乱暴につかみ、引っ張るようにして店を出ようとした。

「は、放してください！」

ああ、やっぱり、嫌な予感が当たってしまった。悪い方向に話が進んでいる。私がこの場に出てこなければ、こんなことにはならなかったのだろうか。

いや、どちらにせよ娘がいることを調べられて、同じ選択を迫られていたかもしれない。

「お願いだから、美緒を放して！」

母さんは私に手を伸ばそうとするも、手下の男に邪魔されて身動きが取れない。どうしよう、このまま私、風俗で働くことになってしまうの……？

せっかく就職してこれから頑張ろうって時なのに、すべて打ち砕かれてしまうの？　……そんなの嫌だ。お願い、誰か助けて。

心の中で強く叫んだ時、ふと副社長の顔が思い浮かんだ。

「今すぐ、彼女から手を放せ」

「……え？」

副社長の声が聞こえた。ここにいるはずのない彼の声が。

最初は、頭の中で副社長が勝手に話し始めたのかと思った。

でも、違った。なぜか私の目の前にはカジュアルな恰好をした副社長がいる。

「なんやお前。関係ない奴がしゃしゃり出んなや！」

「関係はある。なぜなら私は、『定食屋かしわぎ』の常連だからだ」

副社長は汚いものでも見るような目で、男たちを見ていた。彼の手にはサングラスが握られている。

まさか、唯一店にいたお客さんが副社長だったなんて！　でも、どうして彼がこんなところに？　しかもうちの『常連客』だなんて……一体どういうこと？

「借金は一千万ほどだと言っていたな。あいにく小切手は持ち合わせていないが、こちらに連絡をもらえたらすぐに用意しよう」

副社長はテーブル席から私たちのほうへと、一歩一歩近づいてきた。リーゼント男を睨(にら)みつけると、私の腕をつかんでいた手を無理やり外して名刺を握らせた。

「執行役員、副社長……？」

「一応説明しておくと、広告業界のリーディングカンパニーと言われている会社の副社長をしている。一千万くらいならたやすく用意できると、おわかりいただけたか？」

副社長は、自信に満ちた笑みを浮かべている。

「りーでぃんぐ、かんぱにい、ってなんや……」

リーゼント頭の口はぽかんと開いたまま。副社長の言葉が全く理解できない様子だ。

「難しいことを話してしまったようで失礼した。とにかく、今後本件に関しては私が対応させてもらう。まあ、知人である有能な弁護士も同席させていただくがな」

私と母さんは、副社長と借金取りのやり取りを黙って見守ることしかできなかった。突然のことに混乱して、頭が追いついていないからだ。

やり取りといっても、副社長が一方的に話をしていた。笑顔で穏やかに話しているように見えて、誰の言葉も寄せつけないような威圧感をひしひしと感じる。

借金取りも、謎の男の登場にたじろいでいるようだった。

「アニキ、今回はいったん引き上げましょうや。この男、なんかヤバい気がしますわ」

「ちっ。余計な邪魔が入って興が醒めたわ。また出直させてもらう」

数分前までの勢いはどこへやら、男たちは逃げるようにして店から出ていった。

店には、私と母さん、そして副社長の三人だけになった。

母さんは心配そうな顔で副社長に話しかけた。

「隆弘くん、あんな奴らに名刺なんて渡して大丈夫なのかい？　それに、借金を肩代わりだなんて……」

「問題ありません。彼らの裏にいるのは、この一帯にショッピングモールを建てたい不動産業者です。我が社の名前を見れば、うかつに手を出せない相手と考えるでしょう。借金の件も、弁護士に任せれば大丈夫です。万が一、返済義務があったとしても、こちらが責任を取るのでご安心ください」

「そんなの無理に決まってるじゃないか！　隆弘くんに甘えるわけにはいかないよ」

母さんは、大学生のお客さんに接するのと同じように、フランクに話している。

「おばちゃん、ここは俺に任せてください。おじちゃんとおばちゃんには返しきれないほどの恩がある。いつかお返しをしたいと思っていたんです」

副社長の表情はとても柔らかくて、話し方も優しい。

「恩を返したいって……私たちはお腹いっぱい食べさせてあげることしかしてないよ」

「俺にとっては、生きる希望をもらったと言ってもいいほどのことなんです。だから、今回は俺に甘えてください。大切なおふたりを、こんなことで悩ませたくないから」

あれ、何かがおかしい。私ひとり、置いてけぼりだ。私だけ、この状況が全くわかっていない。どうして副社長と母さんが親しげに話しているの？　副社長が登場してから、頭の中はハテナだらけだ。

でもひとつだけ確かなのは……副社長が助けたかったのは、私ではないということ。

「あ、あの、副社長……」

「なんだ？　柏木」

『副社長は、うちの常連だったんですか？』と質問しようとしたところを、母さんによって阻(はば)まれた。

「副社長？　えっ……まさか隆弘くんが美緒のアイドル――」

「ちょっと、母さんストップ‼」

母さんはまるで女子高生が恋愛話をしている時のように、目を輝かせている。朝の例え話が、母さんの脳内でねじれてしまっているらしい。

〝憧れていた副社長が鬼のような人でショックを受けている〟という話を〝好きなアイドルの性格が悪かったことを知ってしまった時のような気持ち〟という例えで説明しただけだ。〝副社長がアイドル〟なんてひと言も言っていない。

慌てて止めたせいで、顔が赤くなってしまった。なんだか余計に恥ずかしいことになっている。

何より、母さんが副社長を『隆弘くん』と呼んでいることが、たまらなく違和感。

「俺は、学生の頃から『定食屋かしわぎ』に通っている。社会人になった今も、店の味が恋しくて時々足を運んでいるんだ」

私が状況を理解できていないことに気づいたのか、副社長が説明してくれた。

「そ、そうだったんですね……知りませんでした」

セレブな副社長に寂れた商店街なんて似合わないと思っていたが、学生時代からの常連ということは、きっとこの近くの大学に通っていたのだろう。

私はほとんどキッチンにいたから気づかなかったけど、副社長は私がこの店の娘だと知っていたのだろうか。たまに接客に出ていたから、知らず知らずに副社長と顔を合わせていたのかな？　現に、私がここにいることに全く驚いていないようだし。

面接の時に優しくしてくれたのは、私が恩人の娘だからだったのかもしれない。

それなら、普段は鬼なのに、あの時だけ違っていたのも納得できる気がする。

うちの父さんと母さんに恩があるっていうのは、どういう意味なのかよくわからないけれど。

……少なくとも、副社長が大切に思っているのは父さんと母さんで、副社長にとって私はただの〝恩人の娘〟なのだ。

事実を知ったら、なぜか胸がチクリと痛んだ。

「話を戻しますが、ここは俺に任せてもらえませんか？」

副社長は自信たっぷりの笑みを浮かべている。

「本当に甘えちゃっていいのかねえ……。それに、ほかの店も苦しんでいるのに、うちだけ楽させてもらうっていうのもなんだか悪いよ」

「確かに、この商店街全体の問題でもありますよね。……わかりました。商店街に活気が戻るよう、弊社で最大限にＰＲさせていただきます。また、借金問題に関しては、知人の弁護士にほかの店の件も含めて相談してみましょう」

「隆弘くん、何から何まで……ありがとう。うちにもできることがあれば言ってよ！」

副社長は穏やかに笑って「わかりました」と答えた。

母さんに向けての笑顔なのに、なぜか私が照れてしまうほどに眩しかった。会社での険しい顔を知っているため、余計に破壊力がある。

「では、私はこれで。柏木、五月病になってもちゃんと出社するように」

「は、はい！」

副社長はそう言い残して、店から去っていった。借金取りの騒動なんてなかったかのように、とても爽やかな後ろ姿だった。

「隆弘くんはああ言っていたけど、肩代わりなんてさせられないよ。恩を返したいって、そもそも大したことしてないしねぇ」

母さんは今ひとつ割りきれなさそうな表情で、倒れた椅子を戻していた。

私はいまだに、あの副社長がうちの常連だったこと、さっきまで彼がここにいて、私たちを借金取りから救ってくれたことが信じられない。夢でも見ていたのかな？

「副社長は『生きる希望をもらった』って言ってたけど、具体的に何をしてあげたの？」

「何って、さっきも言ったけど、ご飯を食べさせただけだよ。お金がなさそうで困っていたから、たまにごちそうしたり、余りものを弁当にして持たせてあげたり」

「母さんたち、副社長にそんなことしてあげてたんだ？　なんか意外だなあ……」

あの副社長が学生時代にお金に困っていたなんて、とても想像できない。一体何があったんだろう……。自分に投資しすぎたとか？

理由はともかく、お金に苦労したからこそ、稼ぐことに人一倍シビアで、社員に厳しいのかもしれない。

「確かに助けてあげたかもしれないけどさ、あれに一千万の価値があるなんて思えないけどねえ。そのうえ、商店街全体の面倒まで見てくれるようだし……。隆弘くんにお金を返すだけじゃなくて、何かお礼をしないと……」

「お礼……」

母さんの言葉にはっとした。

びっくりすることばかりで頭が追いついていないけど、ひとつだけはっきりしていることがある。

副社長はうちの両親に恩があるようだが、私はその娘というだけで、彼に助けられる理由なんてないということだ。だから、借金取りから救ってもらったお礼は、自分でしなければならない。私まで彼の優しさに甘えることはできないのだ。

「母さん、私ちょっと出かけてくる！」

「はいよ、行っておいで」

店を飛び出して辺りを確認すると、通りの向かい側の道を少し行った先に副社長の姿を見つけた。商店街の様子を記録しておきたいのか、スマホのカメラで周囲を撮影している。

「副社長‼」

「……どうした、また何かあったのか？」

副社長は眉間に皺を寄せ、深刻な顔でこちらを振り返る。

「いえ、何もありません。大声で呼んでしまってすみません」

余計な心配をかけてしまったことに気づき、慌てて謝った。

「何もないのならいい。それで、俺に用があって追いかけてきたんじゃないのか？」

「はい。あの、実は……」

副社長は会社にいる時のような怖い顔はしていない。私服のおかげでいつもより親しみやすそうだ。それなのに、近くにいるだけで威圧感が半端ない。

身長差があって、見下ろされているからそう感じるのだろうか。何を伝えたいのか頭ではわかっているのに、なぜか言葉が出てこない。副社長の刺(さ)すような視線に、たまらずうつむいた。

「言いたいことがあるならはっきりと簡潔に、〝5W1H〟を意識して話せ。先輩に教えてもらわなかったのか？」

「いえ、あの……」

「確か、お前は三年目の菅野の直属だったか。まだ新人の教育には早かったようだな」

副社長の顔がみるみる険しくなっていく。鬼モードのスイッチが入ってしまったようだ。

どうしよう、このままだと私のせいで菅野さんの評価が下がってしまう。彼にはちゃんと〝報・連・相〟について教えてもらっているから、誤解を解かないと！

「違うんです、菅野さんにはちゃんと教えていただいています！　うまく話せないのは、その……緊張しているので」

「ほう、それは、俺が〝鬼の副社長〟だからか？」

「えっ？」

まさか副社長本人の口から〝鬼〟というワードが出てくるとは思わず、驚いて顔を上げると、不敵な笑みを浮かべている彼と目が合い、背筋がゾクッとした。真顔の時よりも怖い。

鬼というより、まるでゲームのラスボスとして出てくる魔王のようだ。

「自分がどう呼ばれているかくらい把握している。お前も、この俺のことが怖いんだろう？」

「ち、違います！」

咄嗟に否定してしまった。でも、嘘をついた時のような罪の意識は感じない。

なぜなら緊張しているのは、副社長に対する恐怖心からだけではないからだ。でも、何が原因なのかは自分でもよくわからなかった。

「だったら、どうしてお前は緊張している？」

「それは……」

言葉につまってしまい、たまらず目を逸らす。

ただお礼がしたいと言うだけなのに、どうしてできないのだろう。副社長のカリスマ的オーラに圧倒されているのかもしれないけれど、そのまま伝えるのは恥ずかしい。でも今ここで、答えを口に出さないと……。

焦った私の頭に浮かんできたのは、今朝母さんと交わした会話だった。

「副社長は私にとって、アイドルのような存在だからです‼」

彼の目をまっすぐに見て、勢い任せで力強く言いきったあと、ふと我に返る。

もしかして、私、窮地に立たされてとんでもないことを口走ってしまった？　しかも、周囲に聞こえてしまうほどの大声で。

「あら、美緒ちゃんがカッコいい男の人に告白しているわよ！」

「若いっていいわねえ」

すぐ近くの八百屋で買い物をしていた、商店街で顔なじみのおばさんたち四、五人がヒソヒソ話をしている。どうやらさっきの発言を告白と勘違いしているようだ。

『違います！』とすぐに否定したいのに、身体が凍りついたように固まって動かない。うつむくだけで精一杯だった。

副社長は黙ったままだ。きっと、突然変なことを言われて驚いているのだろう。『なんだこいつ、変な奴』って呆れられたかもしれない。それとも、副社長も今のセリフを告白だと思ってしまったのだろうか。

そう考えた途端、彼が何を考えているのか気になり始めた。恐る恐る目線を上げて、副社長の様子を窺う。

「……とりあえず、場所を変えるか」

気のせいかもしれないけれど、副社長の顔がうっすらと赤く染まっているように見える。

もしかして、照れているの……？　あの副社長が？　こんな私から〝アイドル〟と言われただけで……？

「早く行くぞ！」

「わっ、待ってください！」

副社長が、突然私の手を握る。

その瞬間、今まで経験したことのないような胸の高鳴りを感じた。

彼は私の手を引いて商店街から離れていく。副社長の体温が手のひらから伝わって、全身を駆け巡った。さっきまで石のように固かった身体が、嘘のように軽い。氷を溶かす魔法をかけてくれたんじゃないかって、子どもみたいなことを考えながら歩いていた。

「ここまで来れば、周囲を気にせず話せるだろう」

副社長は、商店街を出てすぐの駐車場で足を止めた。

手を離されて、ほっとしたような寂しいような不思議な気持ちになった。

「すみません、私が変なことを言ってしまったせいで……」

また迷惑をかけてしまったことを謝りたくて、深く頭を下げた。

「いや、別にかまわない。鬼と思われるよりはいい。それで話を戻すが……結局お前は俺になんの用なんだ？」

心なしかさっきより声が明るく、口角も上がっている。機嫌がよさそうに見えるのは気のせいかな？　アイドルと言われて嬉しかったのだろうか。

「ええと……私、副社長に何かお礼がしたいんです」

告白と勘違いされては困るので、まずはアイドルと思っていたわけじゃないと伝えたかった。でも、余計なことは言わないでおいた。もし告白だと思われていたら、副社長はすぐに断るだろうけど、何も言ってこないので、その心配はなさそうだと思ったからだ。

「お前が気にする必要はない。なぜなら、俺はご両親に恩があるからだ」

「だからこそです！　両親はともかく、私には副社長に助けてもらえる理由がありません！」

なんでもいいから、副社長への感謝をかたちにしたい。この気持ちがちゃんと伝わるように、副社長の瞳をまっすぐに見つめる。

「では、その思いを仕事にぶつけてみろ。新入社員の中で一番に独り立ちしてみせろ。それが俺への恩返しと思え」

「仕事はもちろん頑張りますけど、それでは間接的すぎませんか？　例えば……そうだ、うちの商店街のＰＲについて、私にも考えさせてください！　きっと力になれると思います」

我ながら名案だと思ったが、副社長の厳しい顔つきを見て勘違いだと察した。

「その件は、優秀な人材を選んでチームを立ち上げる。迅速な対応が必要になるからな。新入社員のお前では力不足だ」

「そ、そうですよね……。じゃ、じゃあ書類やデスク回りの整理とか、車での送迎はいかがですか？　一応免許は持っています」

「スケジュール管理や書類整理などは秘書に任せているし、会社から自宅までは徒歩圏内だ」

「そうですか……」

一番大事なことを考えていなかった。

副社長にお礼をするって、一体何をすればいいのだろう。仕事の面では全く力になれない。プレゼントを贈るにしても、すでに最高ランクのものを持っていそうだ。

「逆に問うが、お前が得意なことはなんだ？　仕事以外のことでもかまわん。お前は俺に何を与えられる？」

副社長の顔つきがさらに険しくなる。まるで偵察に来ていた時のようだった。

怒られる、と思った私は、自分に何ができるのか、長所はなんなのか必死に考える。

確か就職活動を始める時も同じ問題に直面したな。これといって得意なことはなく、結果を残したこともないから自己分析には相当苦労した。

そんな私が、唯一胸を張って語れることといえば……。

「私にできることは、料理くらいです」

「料理か。……ありだな」

「えっ？」

ぽつりと呟いたきり、副社長は黙りこくってしまった。顎に手を当てて、何かを考えている。

今までのように即却下しない副社長の様子を見て、〝料理〟という言葉が好感触を得たことに気づく。

そうだ、副社長は『定食屋かしわぎ』の常連客だ。うちの料理をごちそうすることが一番のお礼になるかもしれない。店に来てもらえればいつでも無料で料理を提供するとか、家までデリバリーするとか、いろいろなサービスが考えられる。

「副社長、例えば――」

「お前、料理以外の家事はできるのか？」

「ほかの家事ですか？　掃除・洗濯・裁縫、ひと通りできますが……」

「それなら任せても問題ないな」

副社長は何に納得したのか、ひとりで頷いている。

「なんのことですか？」

彼は顎から手を離すと、両腕を胸の前で組んだ。

「柏木、お前は俺の家政婦として働け」

「……え？」

「俺の身の回りの世話を任せる。具体的には一日三食分の料理に、掃除、洗濯、ゴミ捨てだな」

まさか副社長からこんな提案をされるなんて思っていなくて、何も言葉が出てこなかった。

一日三食分の食事を作って、掃除、洗濯、ゴミ捨てまでやる……？

はたして仕事と両立できるのだろうか。

「えっと、それって、出社前と退社後に副社長の家に伺って、家事をするってことですか？」

「いや、住み込みで働いてもらいたい。そのほうがお互いにメリットがあるだろう」

部下に仕事を指示するような口ぶりで放たれた言葉は、耳を疑うものだった。

「すす、住み込み⁉　私が、副社長の家に⁉」

彼の要求が斜め上すぎて、頭がパンクしてしまいそうだった。家族以外の男性と、付き合ってもいないのに一緒に住むなんて……。

「驚くことか？　住み込みで働いている家政婦はたくさんいるだろう」

「いや、そうかもしれませんけど、そんな大それたこと……」

変な想像をしているわけではないのに、勝手に顔が赤くなってしまう。至って冷静な副社長に見られていると思うと、焦って身体がますます熱くなる。

「最初に言っておくが、俺は部下に手を出すような男じゃないから安心しろ。恩人の娘ならなおさらだ」

「そ、そんな心配したわけじゃ……」

副社長は表情ひとつ変えない。心から思っていることなんだろう。

「では、なぜ悩む必要があるんだ？　もしかして、恋人がいるのか？　であれば住み込みは難しいな」

「いや、いないですけど……」

私は首を横に振る。

「だろうな。もしいるならすぐに断っているはずだ。ちなみに俺も今はいないから、なんの問題もない。まあ、どうしても住み込みが嫌と言うのなら、通ってもらってもかまわないが」

副社長にとって、私は恋愛対象から外れているようだ。だからこそ、家に住まわせることになんの抵抗もないのだろう。

別に副社長のことが好きってわけでもないのに、なんだか哀しい。恩人の娘だから手を出さないと言っていたけど、間接的に魅力がないと言われているようでショックだった。

でも、そんなことは関係ない。私にできることがあるなら、副社長が私に求めてくれていることがあるなら、それに応えるだけだ。

「いえ、住み込みで、家事をさせていただきます！」

「よかった。それではよろしく頼む」

副社長はあの面接の時のように優しく微笑んで、手を差し出してきた。私が彼の大きな手をしっかりと握ると、同じくらいの力で握り返してくれた。それだけのことが嬉しくて、心が温かくなる。副社長のために頑張ろう、と素直に思える。

こうして、私と副社長は同居生活を始めることになった。

引越し

それから二日後の夜、私は自室で引越しの準備をしていた。

あのあと、副社長と連絡先を交換してから別れた。まさか副社長とプライベートで連絡を取る日が来るなんて夢にも思わなかった。住所などの事務連絡しかやり取りしていないのに、緊張して返信に時間がかかってしまうのはなぜだろう。

副社長曰く『家の住所と家具はひと通り揃っている』らしい。だから準備といっても、持っていくものはそれほど多くない。

とりあえず二日分の衣類とメイク用品を旅行バッグに入れ、残りは段ボールに詰めた。送り状に副社長から聞いた住所を書いていると、トントンと扉を叩く音がした。

「美緒、今大丈夫？」

「うん」

母さんは私の返事を聞いてから、扉を開けて部屋に入ってきた。

「とうとう明日だねえ。荷造りは進んでるかい？」

母さんは私のベッドの上にちょこんと座った。私も隣に座る。

「うん、もう終わったよ」

百二十サイズの段ボール二箱を指差して誇らしげに言うと、母さんは「それだけ？」と目を丸くした。

「とりあえずは、こんなもんかな」

「まあ、必要なものはあとから送ればいいしね。それにしても、まさかあの隆弘くんが美緒の副社長だったなんてびっくりだよ。好きな人と同棲だなんて、なんだかワクワクしちゃうわねえ」

母さんはからかうように肘で私をつついた。

「好きじゃないし、同棲でもないから！　ただの家政婦だって何度も言っているでしょう。それに、驚いたのは私のほうだからね。まさか副社長がうちの常連だったなんてさ」

副社長の家に住み込みで働くことを報告してから、もう何度もこのやり取りをした。母さんのにやけた顔は正直見飽きている。

「でも、この話が決まってから楽しそうだよ」

「まあ、新しいことを始めるっていう点ではワクワクしているかもしれないけど。……でもこの家を離れるのは、ちょっと寂しいかな」

木製のタンスに勉強机、シングルベッド。陽に焼けたピンク色のカーテンに、高くない天井。どれも古くなっていて、所々に傷や汚れがある。

もっとオシャレで広い部屋に住みたいって思っていたけれど、離れるとなった途端に恋しくなるから不思議だ。嫁に行くわけでもないのに。

「母さんだって寂しいよ。父さんはもっとそう感じていると思う。本当のことを話したら、心配して反対しただろうね」

「私は母さんが全く反対しなかったことに驚いたよ」

借金取りがやってきた日、副社長との話を終えて店に戻っても父さんの姿はなかった。あの日は、肉屋の佐藤さんと話し込んでいたせいで遅くなったらしい。

母さんは『帰りが遅い』って怒っていたけれど、私には好都合だった。副社長との同居の話をする勇気がなかったからだ。結局、母さんと相談した結果『父さんには正直に話さないほうがいい』ということになり、『同期の女の子とルームシェアをする』と嘘をついている。

父さんには、副社長が商店街の復興を手助けしてくれることと、借金問題の解決を約束してくれたことだけを報告した。

「そうか」とか細い声で呟いた父さんの顔は、憂いに沈んでいた。きっと、自分のことを情けないと責めていたのだろう。

『父さんのせいじゃない』って励ませばよかったのに、あの時はなぜか言葉が出てこなかった。

「母さんも心配してるけど……『娘が決めたことは全力で応援する』って決めてるからね。隆弘くんが優しい子だってことも知っているし」

「父さんと母さんにだけ優しいんだよ。恩人だから」と話したあと、きゅっと唇（くちびる）を結ぶ。

「そんなことないと思うけどねえ。……それにしても、あの時の隆弘くんさ、ずいぶんとラフな恰好してたと思わない？　前はジャケットでビシッと決めてる感じだったのに」

あの時の副社長は、Tシャツの上にパーカーを羽織って、ジーンズにスニーカーを履（は）いていた。

「いつもどんな恰好で来ていたのかはわからないけど、確かにイメージとは違うかも。サングラスもかけてたよね」

「そうそう。あれ、多分変装してたんだと思うよ？」

母さんの発言に思わず目を見開く。

「変装⁉　なんのために？」

「もちろん、美緒のためさ」

「わ、私のため⁉」

いきなり突拍子もないことを言いだすから、驚いて声が裏返ってしまった。

私の反応が面白かったのか、母さんはクスクス笑っている。

「まあ、本当のことは本人しかわからないけどさ」と前置きを挟み、母さんは考えていることを話し始めた。

副社長は店に来るたびに母さんと世間話をしていたけれど、一年くらい前からピタッと話さなくなったそうだ。同時期に服装を変え、サングラスもするようになったらしい。

「何か事情があるのかなって思ったからこっちからは何も聞かなかったんだけど……。隆弘くんが美緒の会社の副社長と知ってピンときたよ。あの子が変わったのは、ちょうど美緒が面接を受けた頃だったからね」

「……それって、副社長が私に気を遣って、バレないように店に来てたってこと？」

そういえば、副社長はどうして私が『かしわぎ』の娘だって知っていたのだろう。履歴書の住所や、面接で話した内容で気づいたのだろうか。

「そういうこと。あんたが緊張しないようにしてくれたんじゃないかってね。まあ、美緒はほとんどキッチンにいるから、変装しなくても大丈夫だったろうけど」

「うーん、母さんの考えすぎじゃないかなあ」

そう言いつつも胸が高鳴った。もし、副社長が私を気遣ってくれていたのなら嬉しい。変装して来るほど、うちの味を愛してくれているということも含めてだ。

「隆弘くんが会社で厳しいのも、皆のことを思っているからかもしれないよ。……まあ、どちらにせよ、自分の目でしっかり確かめておいで。隆弘くんがどういう人間なのか。噂に惑わされずにね」

「うん、そうだね。ありがとう、母さん」

母さんは私を愛おしそうに見つめながら、頭を撫でてくれた。

母さんに触れられると、不思議と落ち着く。

それに、『噂に惑わされずにね』という言葉が胸にストンと落ちた。

私はまだ副社長のことを何も知らない。どうして鬼のように厳しいのか、なぜ昔お金に困っていたのか。なぜ一年前から変装するようになったのか……わからないことだらけだ。

明日からの同居生活で、少しずつ副社長のことを知っていけたらいいな。

家政婦という立場にもかかわらず、そんな期待が風船のように膨らんでいった。


翌日の朝。

玄関でパンプスを履いていると、パタパタとスリッパの音が聞こえた。

母さんが見送りに来てくれたとすぐにわかった。

「行ってくるね」

「いってらっしゃい。身体には気をつけるんだよ」

お母さんは笑っているけど、どこか寂しそうに見える。

「うん。父さんは？」

「見送りは寂しくなるからやめておくってさ」

「そっか。……父さん、またちょくちょく帰ってくるからね！」

おそらく居間で新聞を読んでいる父さんに届くように、お腹に力を入れて声を出す。

多分何も返ってこないだろうと、返事を待たずに玄関の扉を開けた。

「いってきます……」

外に出ようとした時、母さんのとは違う重い足音が聞こえてきた。振り返ると、調理服姿の父さんと目が合った。

相変わらず無表情だ。

「これを持っていけ」

手渡されたのは〝海塩〟と書かれた小瓶。いつも店で使っている塩だ。

「うちの味が恋しくなるだろうから、ひとつ持っていけ」

「うん、そうだね。ありがとう」

初めて家を出る娘への贈り物が塩だなんて、なんとも父さんらしい。

「もっとほかにあるでしょう」

隣で母さんが文句を言っていたのがまた面白くて、思わず笑ってしまった。

温かくて少しだけ切ない気持ちが、胸を埋め尽くす。

ここから副社長の家までは、電車で一時間くらいだ。

いつでも帰れる距離だけれど、今までのように毎日顔を合わせることはできなくなってしまう。寂しくて涙が出そうになったが、ぐっとこらえて笑顔で父さんと母さんに手を振った。

家を出て、まだ静かな商店街を抜けて着いた先にあるのは、副社長と待ち合わせている駐車場。

スマホに、家の住所と一緒に【近くまで迎えに行く】と連絡があった時は相当驚いた。申し訳ないからと断ったけど、【お前に断る権利はない】と返事が来て今に至る。

副社長と連絡を取り合うだけでも緊張したのに、ふたりきりで移動するなんてハードルが高すぎる。

こんなことで一緒に暮らせるのだろうか。楽しみな気持ちよりも不安や緊張が大きくなってきて、なんだか胃が痛い。

ごまかすようにスマホを手に取り、副社長から連絡が届いていないか確認しようとすると、「柏木」と背後から声をかけられた。

「わっ！　ふ、副社長。もういらしてたんですか」

今日の副社長は、グレーのテーラードジャケットに黒のパンツという服装。

首元の開いているインナーを着ているからか、鎖骨(さこつ)が妙に色っぽい。

「予定より早く着いたから、近くを散歩していた」

「お待たせして申し訳ありません！」

慌てて頭を下げると、上方から小さなため息が聞こえた。

「こんなことでいちいち謝らなくていい。もう行くぞ」

「は、はい」

頭を上げた時、副社長の呆れ顔が目に入った。

目上の人を待たせるなんて、社会人として失格だと思ったから謝ったのに、何がダメだったんだろう。

頭の中にハテナが浮かんでいたけれど、副社長はスタスタと歩きだしてしまったので何も聞かずにあとを追った。

副社長は、一番奥に停めてあった白いセダンの右側に回って扉を開けた。

「助手席はこっちだ」

「あ、ありがとうございます！」

こんな私のために、副社長はわざわざ助手席側まで足を運んで、エスコートしてくれた。なんて紳士的な振舞いなんだろう。

「荷物を貸せ。後ろに載せるから」

副社長にエスコートされるがまま旅行バッグを渡し、助手席に腰を下ろした。

座ったあとで、この車が外国製だということに気づく。

そういえば、車体に有名なエンブレムがついていたような気がする。

どうしよう、こんな高級車に乗るのは生まれて初めてだ。

下手に動いて傷をつけてはいけないと思い、ショルダーバッグを両手で抱え、できるだけ動かないように全身に力を入れた。

「……お前、固くなりすぎだ」

「えっ？」

「自分がシートベルトを着けていないことにも気づいてないだろう」

「あっ、本当だ……」

副社長はすでにシートベルトを着け終えていた。

バッグを膝(ひざ)の上に置いて、急いで装着する。

「失念していました、申し訳ありません！」

どこにもぶつからないように気をつけながら頭を下げると、さっきよりも深いため息が聞こえた。

「柏木、お前な……」

そして、再び呆れた顔の社長と目が合う。

「あの、私何か間違ってます？」

「間違っているわけじゃないが、そこまでかしこまる必要もないだろう」

「でも、副社長は上司ですし」

「確かにそうだが、ここは会社じゃない。もっと自然体で接してくれ。こっちまで息が詰まる」

険しくなる副社長の表情を見て、ここは素直に従っておくべきだと感じた。

「……わかりました」

一応了承しておいたけれど、実際どんな風に接したらいいのか見当もつかない。

自然体といっても、親や友達と同じようにすれば馴れ馴れしすぎるだろうし。

「まあ、隣にアイドルがいたら、緊張するのも無理ないよな」と、副社長はからかうように言う。

「それはもう忘れてください！」

これ以上恥ずかしい話をされたくなくて、思わず強く言ってしまった。

「記憶力はいいほうだから、それは難しい」

副社長は、余裕めいた笑みを浮かべて呟いた。

同時に車のエンジンをかけ、ハンドルを握る。

駐車場を出ると速度を上げ、都心方面に車を走らせる。

「店は手伝わなくても大丈夫なのか？」

「はい、アルバイトがふたりいるので問題ありません」

「そうか、安心したよ。店の事情も聞かずに、すぐに家政婦をやってもらうことを決めてしまって、後悔していたからな」

「副社長でも後悔することがあるんですね」

「……お前、俺をなんだと思ってるんだ？」

副社長の冷たい視線が刺さる。

思ったことをそのまま口に出してしまった。無礼な言動を詫（わ）びるべきだけど、さっきと同じようにすればまた注意を受けてしまう。

少し考えた結果、「すみません」とだけ伝えてみた。

「気にするな」

副社長は微（かす）かに笑っていた。

失礼なことを言ったのに、さっきよりも機嫌がよさそうに見える。副社長の求めていることがようやくわかった気がする。

「ふふ」

「……何がおかしい？」

「いえ、何も」

真顔を作ろうとするも、うまくできない。

冷徹（れいてつ）な仕事人間というイメージが先行しているけど、本当は人間味のある人なのかもしれない。学生時代からずっと同じ店に通っているくらいだもの。

　そう頭の中で考えているうちに、無意識に笑っていたらしい。あまり笑いすぎても怒られるかなと思って、口元を手で隠した。

「よくわからんが、少しは緊張が解けてきたみたいだな」

「そうみたいです」

　副社長が話題を振ってくれたからだろうか、いつの間にか肩の力が抜けていた。大きく息を吸って、ゆっくりと吐いてみる。

　今までは感じなかった爽やかな香り。

　エアコンの送風口に目をやると、四角形の消臭剤が取りつけられていた。

　近くの物入れの中には、同じ銘柄の煙草が何箱か置いてある。

「煙草、吸われるんですね」

「ああ、一日に数本程度な。お前はどうだ？」

「私は吸ったことないです」

「では柏木の前では喫煙しないように気をつけないとな。吸わない人にとってあの煙は苦痛だろう」

「ありがとうございます」

副社長は、根は優しい人なのだろうと感じた。

私が気まずくならないように常に話を振ってくれるところからも、それを感じる。

車の運転もすごく丁寧で、私や周りのドライバーのことを気遣っている。

母さんの言う通りだ。噂に惑わされてはいけない。

会社での厳しい言動には、きっと意味があるに違いない。

副社長の優しい面を見るたびに、ドキドキして胸が苦しくなる。車に乗った時の緊張とはまた違って、不思議な感じがする。

同じ空間で息をしていると意識するだけで胸の奥が熱い。

彼のひとつひとつの動作が気になって、目で追ってしまう。

こんな風に誰かの行動で気持ちが揺れ動くのは、生まれて初めてだった。

「もうすぐ着くが、まずは同居のルールについて話しておきたい」

「ルール、ですか?」

いまいちピンとこなくて首を傾げる。

「ああ。例えば、同居のことは会社の人間には秘密にするとか、あとは料理を最優先にする、とかだな」

嫌な予感がした。副社長はきっと、細かいルールを多数用意しているに違いない。

仕事の最優先が料理だなんて、わざわざ決める必要があるのだろうか？　家政婦なんだから、料理以外の家事もすべてやるのが当然なのに。

さっきまであった胸のトキメキは、車窓の隙間から入り込む風とともに、あっという間に流れていった。

「あの、どうして優先順位を決めるんですか？」

「家政婦として働いてもらうが、二足のわらじではなかなか時間が取れないと思ってな。俺がお前に一番期待しているのは料理だ。忙しければ、掃除なんかは後回しでかまわない」

どことなく、副社長の横顔が優しく見えた。

「私を気遣ってくださったんですね」

「いや、社会人として、優先順位を決めることの重要性を教えたかっただけだ」

本人は否定しているけれど、私を心配して考えてくれたとしか思えない。

自惚れているだけなのかもしれない。でも、副社長の気遣いが嬉しかった。

ルールなんて堅苦しくて嫌だな、と一瞬引いてしまった自分が恥ずかしい。

「またひとりで笑っているのか。何を考えてるんだ？」

今度は、副社長が不思議そうに首を傾げている。

「いえ、なんでもないです」

「変な奴だな。まあ、お前の妄想なんて微塵も興味はないが」

副社長の冷たいひと言を聞いて、目が覚めたような気分になった。そこまで、どうでもよさそうに言わなくてもいいのに。

やっぱり自惚れていただけなのだろう。私に優しくする理由なんてないのだから。

返事をする気力もなかったので、沈黙をごまかすように外に目をやった。

すると、いつの間にか見覚えのある場所まで来ていることに気づく。通勤でいつも歩いている道だ。
二、三分経ったところで、副社長の車は住宅街に入り、とあるマンションの入口にある大きな門をくぐる。
副社長のマンションは、本社ビルから徒歩五分ほどの、高級住宅街と呼ばれている場所にあった。

私の想像をはるかに超えた立派なタワーマンションが、青空にそびえ立っている。おそらく四十階くらいはあるだろう。

それほど巨大なのに、温かみのあるベージュを基調としているからか、不思議と景色に溶け込んでいた。

副社長はマンションのエントランスの前で車を停めた。

「着いたぞ、降りろ」

「ここで降りるんですか？」

駐車場ではなくエントランスの前だったため、思わず尋ねる。

「ああ。あとはスタッフが対応してくれる。バレーパーキングサービスというものだ」

「そうなんですね」

全く聞いたことのない言葉だったけど、おおかた予想はつく。

おそらく、エントランスの近くにいるスーツ姿の男性が、車を車庫に入れてくれるのだろう。

車を降りるとその男性がすぐさま駆け寄り、丁寧なお辞儀で出迎えてくれる。

「おかえりなさいませ、椿様」

「ああ。車を頼む。あとで後部座席にある荷物を届けてくれ」

「かしこまりました」

副社長は浅く頷くと、エントランスの中に入っていった。

荷物を部屋まで届けてくれるってこと？　マンションにそんなサービスがあるなんて！　セレブな人たちにとっては普通のことなのかな……？

勝手がわからない私は、スタッフの男性にペコリと頭を下げ、慌てて彼の背中を追っていく。

自動扉を抜けた先にはモダンで広々とした空間が広がっていた。大理石の床にブラウンを基調とした壁、四隅に大きな観葉植物が置かれている。

フロントまであり、まるで高級ホテルのようだ。

「椿様、おかえりなさいませ。クリーニングが届いております」

「ありがとう」

副社長は、フロントにいる二十代半ばくらいの女性から、ビニールに包まれたシャツとスーツを受け取っていた。

クリーニングまでスタッフが対応してくれるなんて、本当に高級ホテルみたい！

到着して早々、一般人との違いを見せつけられ、驚きを通り越して放心状態になってしまった。

「彼女は今日から家政婦として働いてもらうことになった。何かと迷惑をかけるかもしれないが、よろしく頼む。……柏木、挨拶（あいさつ）しろ」

副社長は、フロントの女性から私に視線を移した。

「は、はい！　柏木美緒と申します。これからお世話になります」

「私はコンシェルジュの加藤と申します。柏木様、よろしくお願いいたしますね。私どもは二十四時間態勢でフロントにおりますので、ご不明な点があればいつでもお声がけください」

加藤さんはにっこり微笑むと、丁寧に頭を下げた。

「ありがとうございます！」

私も同じようにお辞儀をした。

「挨拶も済んだことだし、もう行くぞ」

「はい」

もう一度加藤さんに軽く会釈をしてから、副社長と一緒にエレベーターに乗り込んだ。

ICカードを読み込ませると、行き先ボタンの三十八階が点灯し、副社長はそれを押した。

どうやら彼は、このマンションの最上階に住んでいるようだ。

「うちのマンションはこのカードが鍵だ。これがないとエレベーターにも乗れない」

「すごいセキュリティですね」

余りに厳重なシステムで、思わず目を丸くする。

「だからといって、百パーセント安全が保証されているわけではない。油断して施錠し忘れることのないように」

「わかりました」と答えつつも、こんなセキュリティ万全なところに、泥棒は入れないと思う。

「俺の部屋は、エレベーターを降りて右に曲がった一番奥だ。部屋数は多いが、迷うことはないだろう」

「降りて右ですね。覚えやすくて安心しました」

エレベーターの扉が開くと、ふかふかの絨毯が敷かれた高級感漂う内廊下が広がっていた。

オレンジ色の照明がロマンチックな空間を創り出し、まるでホテルのようだ。

廊下をしばらく歩いた先の突き当たりが、副社長の部屋だった。

部屋数が多いので、わかりやすい場所にあって本当によかった。

「3811号室、ここが俺の部屋だ。忘れるなよ」

「はい！」

すぐにバッグからメモ帳を取り出し、部屋番号を書きとめておいた。

「メモか。さすが新入社員だな」と、副社長は軽く微笑む。

副社長がドアにカードをかざすと、カチャッという音が鳴る。扉を開けて中に入ると、自動的に明かりがついた。

大理石の玄関が現れる。車と同様、傷をつけないように注意しなければと思った。

副社長は革靴を脱いで、先に奥へと入っていった。玄関には副社長が履いていた靴以外、何もない。靴箱にきちんとしまっているのだろうか。

パンプスを脱ぎ、彼の革靴も一緒に向きを揃えた。

「柏木、こっちだ」

声を頼りに廊下を歩いていく。ふた部屋ほど通り過ぎただけなのに、ひとつひとつの部屋が大きいからか、ずいぶんと長く感じる。

廊下の先の半開きになっている扉の向こうに、副社長がいるようだ。

この扉の先にはどんな世界が待っているのだろうか。きっと想像以上に広いリビングにはセンスのよいインテリアが置かれ、最新の設備が揃っているカウンターキッチンがあり、大きな窓の外には美しい景色が広がっているのだろう。

あの副社長が普段生活している部屋なんだもの、期待せずにはいられない。

私は高まる気持ちを抑えて、扉をそっと押した。

「失礼しま……」

部屋に入った瞬間、驚きの余り言葉を失ってしまった。扉に手を添えたまま、身動きできない。

なぜなら、部屋がめちゃくちゃに荒らされていたからだ。床には本や雑誌、書類が散らばっていて、ソファには衣服が乱雑に置かれている。壁際にあるチェストの引き出しはすべて開かれ、ものが飛び出ている状態だった。一体、誰がこんなことを……。

これはどう見ても、空き巣に入られたあとだ。

副社長はなぜか冷静で、ソファの上に散乱した衣類をクリーニング済みの服と一緒に投げるようにして床に置き、身軽になったソファに腰を下ろしていた。

せっかく綺麗にした服に皺がついちゃうんじゃ、と心配になったけれど、今はそれどころではない。

「大変です！　副社長、すぐに通報しないと！」

「……は？」

副社長はなぜか、面食らったような顔をしている。

「のんきに座っている場合ですか？　何かなくなっているかもしれませんよ」

副社長のもとまで駆け寄って、必死に事の重大さを伝えようとした。

しかし副社長は、わけがわかっていないような顔をして、聞く耳を持たない。

「意味不明なことを言うな。それより、早くコーヒーを淹れてくれ」

どう見ても空き巣に入られているのに、どうして副社長は平然としているのだろうか。ここまでのセレブになると、泥棒に入られたくらいでは痛くもかゆくもないのかな……？

たとえ副社長がそうでも、私は犯罪を見過ごすことはできない。

「副社長、空き巣は犯罪なんですよ！　放っておいてはいけません」

「空き巣？」

副社長はきょとんとしている。

「こんなに部屋を荒らした犯人を捕まえないと！　早く警察に電話してください」

「……その必要はない」

いつもは相手をしっかり見て話す副社長が、なぜか私から目を逸らした。

「どうしてですか？　いくらお金に余裕があるからって……」

「そうではない。これは空き巣ではないからだ」

「えっ？」

バツが悪そうに話す副社長。そして、それ以上何も言おうとしない。

さっきまでと明らかに様子が違うのを見て、私はようやく、もうひとつの可能性に気がついた。

「もしかして、これは全部……」

「ああ、しいて言うなら〝犯人〟はこの俺だ」

「空き巣の犯人は、副社長ですか……」

つまり、この部屋は荒らされたのではなく、最初から荒れていたということ。

「探し物をしているうちに、少し散らかってしまってな」

さっきまで居心地が悪そうだったのに、自ら犯行を認めた彼の表情はなぜか凛々しかった。自分を納得させるように話しているけど、これは〝少し〟どころの騒ぎではない。

「言い訳するつもりはないが、散らかっているといっても、すべては計算された配置なんだ」

胸を張ってそんなことを言われても、ただの言い訳にしか聞こえないし、ただ乱雑に置かれているようにしか見えない。

「とにかくこの話は終わりだ。コーヒーを飲みながら今後についての話をしたい。キッチンにコーヒーメーカーがあるから、淹れてくれないか」

副社長は、革張りで重厚感のある黒いコーナーソファにゆったりと脚を組んで座っている。

脚が長いのでそのポーズはとても様になっているのに、部屋が散らかっているせいでなんだかちぐはぐに見える。

リビングは予想通り、立食パーティーができそうなくらいに広かった。

中央にはローテーブルがあり、それを囲むようにコーナーソファが置かれている。壁際のテレビボードには、目を見張るほど大きいテレビが載っている。七十二インチくらいだろうか。

最初は荒れ放題なことに目を奪われてしまったけれど、改めて部屋を見渡すと、そのすごさに気がつく。

黒を基調としたインテリアがセンスよく置かれ、天井は高く、窓も大きくて開放的だ。窓から見える都会の景色は絶景で、そこら辺の展望台よりもすごいんじゃないだろうか。

こんなにもオシャレで素敵な部屋なのに、余りの汚さに全く感動できない。

とはいえ、何より驚くのは、副社長がこの部屋の状況を一切気にしていないことだ。

もしかしたら、彼にとってはこれが日常なのかもしれない。

でも、私はこんな部屋で落ち着いてコーヒーを飲むなんて、とてもじゃないけどできない。

「……まずは片づけさせてください」

「そんなの話のあとでもいいだろう」

副社長は苦い薬を飲んだ時のような顔をしている。掃除なんてどうでもいい、後回しにしろとでも言いたげだ。

心の底から掃除をしたいという気持ちが湧き上がる。副社長の汚い部屋を見て、自分が〝綺麗好き〟だったことを初めて知った。

「よくありません！　こんな部屋じゃ話に集中できません！」

気持ちが高ぶって、つい強い口調で話してしまった。

生意気な発言をして謝るべきなのかもしれないけれど、なぜか引く気にはなれない。

副社長は目を丸くして私を見ている。そしてすぐに、観念したようにため息をつきながら「わかったよ。掃除道具は廊下のクローゼットに入っているから……」と廊下のほうを指差した。

「わかりました。副社長はソファに座っているか、ほかの部屋で待っていてください」

「ここで待っていることにする……」と呟くと、ソファの端に身体を寄せた。

できるだけ邪魔をしないようにと思ったのだろうか。長い手足を窮屈そうに縮こませている。

その様子がまるで子どものようで、可愛らしく思えた。少しほっこりする反面、副社長のお世話は思ったより大変かもしれないという不安が頭をよぎる。

ほかの部屋は散らかっていませんようにと願いながら、リビングを出て廊下のクローゼットを開けた。

一日目

「まさか三十分で、こんなにも綺麗になるとは」

「大したことはしてないですよ。ものをあるべき場所に戻しただけです」

副社長は、カウンターキッチンから満足げに室内を見渡している。

私はその隣で、コーヒーができ上がるのを待っていた。

この芳醇(ほうじゅん)な香りを嗅(か)ぐと、心が落ち着くのはなぜだろう。

「コーヒーマシンの使い方は覚えたか?」

「はい。教えていただき、ありがとうございます」

掃除が終わったあと、コーヒーを淹れようとしたけれど、使い方がわからなくて結局副社長に淹れてもらった。

マシンにコーヒーの粉が入ったカプセルをはめ込み、スイッチを押すタイプで、カプセルは色ごとに味が違うらしい。

「すごく便利だし、箱にしまうと宝石みたいで綺麗ですね」

「宝石? 俺にはチョコレートに見えるな」

「確かに！　美味しそうに見えてきますね」

そんな他愛もない話をしているうちに、コーヒーができ上がった。

トレーに載せてリビングに運び、ガラス製のローテーブルの上に置く。

副社長はコーナーソファの、テレビが正面に見える席に座り、私は彼の右斜め向かいに座った。

「早速だが、共同生活をするにあたり、いくつか確認しておきたいことがある」

あらかじめテーブルに置いてあったメモ帳を開き、ペンを握った。

その瞬間、副社長を包む雰囲気が変わった気がした。顔つきはさっきよりキリッとしていて、会社にいる時のようなピリピリとした緊張感が漂う。

「まずは、なぜお前に家政婦を依頼したのか話しておきたい」

「はい、お願いします」

一言一句、聞き逃さないように耳をそばだてる。

「ひと言で言えば、『かしわぎ』の料理を家で食べたいと思ったからだ。あの味を好きな時に、しかも家で食すことができる。これ以上の幸せはあるだろうか？　いや、ないと断言していい」

「あ、ありがとうございます」

副社長は至って真剣な表情で、『かしわぎ』への愛を語る。

すごく嬉しい。嬉しいんだけれど……副社長なら、うちの定食を食べることなんかより、ほかにもっと幸せを感じることがあるんじゃないかと思う。

うちの料理は美味しいけれど、特別な味付けはしていない。

父さんと母さんに助けられたという記憶が隠し味となって、彼の胃袋をつかんでいるのだろうか。

「つまり、お前に期待しているのは料理だ。残業などで時間がない場合、ほかの家事は後回しにしてもいいが、料理だけは手を抜くな。手の込んだものばかり作れ、という意味ではないからな」

「わかりました。でも、ほかの家事もできるだけ頑張ります。特に掃除は——」

〝掃除〟と口にしたら、副社長は気まずそうに一回咳払いをした。

気分を変えたいのか、コーヒーカップを口元に運ぶ。

私も同じタイミングでコーヒーを口にする。

いつもはミルクと砂糖を入れるけど、この家にはなかったのでブラックだ。苦くて飲めないかと思ったけれど、コーヒー自体の甘みが口の中に広がって意外といけた。

少しだけ大人になった気分だ。

「まあ、すべてお前に任せるよ。住み込みで働いてもらうということで、生活費全般は気にしなくていい。期間は一年くらいが妥当かと思うのだが、柏木はどう思う？」

副社長は私に意見を求めているようだ。

すべて彼が決めるものと思っていたから、正直驚いた。

「期間については考えていませんでしたが、一年は短い気もします」

「そうか。まあ、とりあえず一年を目途にしておこう。商店街問題がどういう方向に行くかもわからないし、様子を見ながら相談だな。では、次にこれを渡しておく」

副社長は近くの棚から茶封筒を取り出して、私の前に置いた。中にはマンションのカードキーと、銀行のカードと通帳、そしてクレジットカードが入っている。

「家の鍵は説明不要だな。銀行のカード類は家事に必要な時に使ってくれ。五百万ほど入れてあるから、しばらくは足りるだろう」

「五百万も……」

これほどの大金が入った通帳を目にするのは初めてで、触れることすらためらう。

私の年収よりもはるかに多いと思われる金額が、この中に入っている。

こんな大事なものを預かっちゃってもいいの？

「暗証番号を伝えておくから忘れるなよ」

副社長から口頭で暗証番号を言われたので、急いでメモ帳に書きとめた。
とりあえず、通帳とキャッシュカードは普段持ち歩かないようにしよう。落とした
ら大変なことになる。暗証番号の書かれたメモ帳も同様だ。番号は頭に叩き込んでお
くことにした。
「あと、同居のことは絶対に口外しないように。変な噂が立ったら、お互いに面倒だ
からな」
過去によくない噂を立てられたことがあるのだろうか。苦虫を嚙み潰したような顔
をしている。
私はそんな経験をしたことはないけど、確かに副社長と噂になったら大変なことに
なりそうだ。
「はい、誰にも言いません」
「よろしく頼む。重要な話はこれくらいか。あとは、具体的な話になるが……」
副社長はそう前置きをして、共同生活におけるルールを話し始めた。
「お前の部屋だが、リビングから一番近い寝室を使え。ベッドや布団など必要なもの
は揃っている」
「わかりました」

「ほかの部屋も自由に入っていい。お前に見られて困るものなどひとつもないからな」

副社長は得意げに髪をかき上げた。

「そうですか……」

私のことを恋愛対象として見ていないからって、そんな言い方しなくてもいいのに。

少しムッとしたけれど、意見するのもどうかと思って何も言わなかった。

ひとつ気になるのは、どうして使っていないベッドがあるのかということ。

過去に誰かと一緒に暮らしていたのかな、と考えると、なぜか胸がチクリと痛んだ。

「食事は基本的には一緒に食べることとする。でも、俺の帰りが遅い場合は先に食べていていいからな」

「わかりました」

「次に、風呂の順番だが、基本的には俺が先に入ることとする。これも、俺の帰りが遅い場合は先に入っていろ」

「はい」

「あとはトイレだな。うちにはトイレがふたつあるから、それぞれ専用に使おう」

「……はい」

このほかにも『玄関に置いていいのは原則ひとり一足までとする』とか、『歯磨き粉などの生活用品は基本的に使っているものを買い足すように』などの細かい話をされた。

ここまで決めておく必要があるのか疑問に思いつつも、すべてメモに取った。

ぎっしりルールが詰まったメモ帳を見て、少し堅苦しく感じてしまう。

「細かいところまで話しすぎてしまったか？」

やや心配そうな副社長を見て、感情が顔に出ていたことに気がつく。

「いや、そんなことないです。副社長はどんなことでも完璧に決めて、すごいなって感動していました！」

慌てて笑顔を取り繕（つくろ）って返す。

「ならいいのだが……。俺からは以上だ。何か質問はあるか？」

うまくごまかすことができたのか、副社長は普通の表情に戻っていた。

「ええと、そうですね。食事についてですが、平日のお昼はどうします？　お弁当を作りましょうか？」

「いや、大丈夫だ。外出していることが多いし、急に手作り弁当を持参したら社長にからかわれそうだ」

副社長は苦笑いしつつ、もう冷めているであろうコーヒーを啜った。

「社長もからかったりするんですね」

社長は入社式で一度見たことがある。ぽっちゃり体型で穏やかな話し方をする人だ。確か四十代後半くらいだったと思う。歴代社長の中では最も若いらしい。

直接話したことはないけれど、入社式の挨拶では笑いを取っていたし、冗談を言って場をなごませるのが得意そうかも。

「面倒な上司だよ。まあ、社長が認めてくれたおかげで俺は副社長になれたんだけどな。……ほかに何かあるか？」

「ええと、そうですね」

就職活動時代の名残で、何個か質問をしないといけない気がして、頭の中で思い巡らせる。

副社長がいろいろ決めてしまっているから、これといって何も思い浮かばない。

『特にありません』と口を開こうとしたら、先にキュルルという間の抜けたお腹の音が沈黙を破った。

顔から火が出そうなほど恥ずかしい……。

「……はは、色気のない奴」

副社長は肩を揺らして笑っている。

こんな姿を見るのは初めてだ。目を細めて笑う様子は、いつもより少し幼く見える。副社長もこんな風に笑ったりするんだなぁ。

「だ、だって……」

「もうすぐ十二時だもんな、腹が減るのも無理はない」

フォローを入れつつもからかうように笑ってくるから、恥ずかしくなって肩をすくめた。

「あまり笑わないでください」

「悪い。タイミングがよかったから、つい。俺も腹が減ってきたし、早速何か作ってくれないか？」

副社長は口では謝っていたけれど、表情は緩んだままだった。

「はい！　初仕事なので、手の込んだものを作りますね。何がいいですか？」

「そうだな……生姜焼き、なんてどうだ？　ちなみに夕食は……うん、カレーがいいな！」

「生姜焼きに、カレーですか？」

あれ？　と思った。私は〝手の込んだ料理を作る〟と言ったのに、聞いていなかったのだろうか。

生姜焼きとカレーって、わりと簡単にできるメニューなのに。

「ああ。この前、唐揚げ定食と生姜焼き定食で迷って、結局唐揚げにしたんだ。だから今日は生姜焼きがいい」

ふたつの献立を前に悩む副社長の姿を想像すると、ちょっと笑えてしまう。

そんな風に考えていたことがバレたら怒られそうなので、口元をきゅっと結んだ。

「わかりました。まずは冷蔵庫の中を確認して、足りないものを買いに行きますね」

「確認する必要はない。飲み物しか入っていないからな」

「そ、そうですか……。ちなみに、調味料や調理器具はありますか？」

副社長は顎を手に当てて、考えている。

「調味料はひとつもない。調理器具はひと通り揃っていると思う、多分」

飲み物以外の食材がない、調味料もない。

そして、調理器具があるかどうかは記憶を呼び起こさないとわからないらしい。

これらをまとめると、あるひとつの事実にたどり着く。

「あの、副社長って料理されないんですか？」

「ああ、全くしない。実を言うと苦手なんだ。……家事全般」

副社長は、バツが悪そうにぼそぼそと呟いた。

「副社長にも苦手なものがあるんですね！」

「当たり前だろ、俺だって人間だ」

拗ねたような顔をして頭をかく。

その様子がおかしくて、今度は思いきり笑ってしまった。

「……あんまり笑うな」

「すみません、なんだか面白くて。では、そろそろ買い出しに行ってきますね」

「スーパーとＡＴＭは二階にあるから利用するといい。ひとりで大丈夫か？　米や調味料を買ったら重くなるだろ」

立ち上がろうとする彼を止めるため、「大丈夫です。意外と力持ちなので」と力こぶを作るポーズをしてみせた。それにしても、マンションの中にスーパーとＡＴＭがあるとは、なんて快適な住まいなのだろう。

「わかった。何か困ったことがあれば、いつでも電話しろよ」

「はい、では行ってきますね」

副社長からもらったカードキーと銀行のカードをバッグに入れ、一礼してリビングをあとにした。

エレベーターに乗って二階で降りると、スーパーやイタリアンレストラン、カフェなどが並んでいた。副社長の言った通り、ＡＴＭもある。

ＡＴＭの前に立ち、覚えたばかりの暗証番号を入力する。処理を待っている間は心臓が激しく脈打っていた。他人様の、しかも大金が入った口座からお金を下ろすなんて経験したことがない。緊張しないほうがおかしいと思う。

無事に引き出したお金を、自分のと混合しないように財布に入れてスーパーに入る。

野菜、果物、肉のどれもが、普段目にする金額より高めだ。ここは質のいいものだけを揃えている高級スーパーなのだろう。さすがセレブが住むマンションだ。

「豚肉が黒豚やイベリコ豚しかない……百グラムでこんなにするの？」

思わず独り言を呟いてしまうほど、カルチャーショックを受けていた。高級品しか売られておらず、頭がクラクラする。二十分ほどかけて昼食と夕食に必要な食材を選び、店を出た。

エレベーターを待っている間と乗っている間は、ずっと副社長のことを考えていた。いくつか気になっていることがあるからだ。

まず、副社長は料理を全くしないのに、どうして調理器具だけ揃っているのだろう。皿や箸、コップも充分にあった。同様に、廊下のクローゼットの中には、ありとあらゆる掃除道具が置いてあった。

　掃除も苦手そうなのに、なぜこんなにたくさんあるのだろうか。

　やっぱり、誰かと一緒に住んだことがあるのかも。おそらく、料理と掃除が得意な女性……。

　自分は副社長と付き合っているわけでもないのに、同居していたかもしれない前の彼女のことを考えると、気持ちが沈んでいく。

　どうしてこんなに落ち込むのだろう。

　答えが見つからないまま、三十八階に到着した。

　廊下を歩いている間に、気持ちを切り替える。余計なことは考えずに、家政婦として仕事をこなそう。

　扉の前で笑顔を作り、カードキーをかざしてロックを外した。

　リビングに向かうと、副社長はソファで新聞を読んでいた。

「ただいま戻りました」

「おかえり。スーパーとＡＴＭの場所はわかったか？」

「大丈夫でした。すぐ昼食の支度(したく)に取りかかりますね」

「よろしく頼む。そういえば、お前がいない間に荷物が届いたから、旅行バッグと一緒に部屋に置いといたぞ」

「ありがとうございます」

昼食を作ったら、次は荷ほどきをしないといけないな。それよりもほかの部屋の掃除が先かもしれない。頭の中で段取りを考えながら料理を始めた。


三十分後、ご飯が炊き上がるタイミングに合わせておかずを完成させた。

今日のメニューは、豚肉の生姜焼きにナスとあおさの味噌汁、だし巻き卵と即席の漬物にした。

塩以外は店で使っているものとは違うから、忠実に再現することはできなかったけれど、美味しく作れたと思う。

「副社長、できましたよ」

おかずをそれぞれ皿に盛り、キッチン近くのダイニングテーブルに運ぶ。

テーブルは広々とした四人掛けで、天板にはガラスが使われている。

椅子は温かみのある木製で、シンプルだけど洗練されたデザインだ。

「ありがとう。まさに『かしわぎ』の定食メニューそのものだな」

副社長はとても嬉しそう。店でもこんな顔をしていたのかな。

「はい、意識してみました」

料理を並べ終え、副社長と向かい合うように座った。

こうやって座るのは、面接の時以来かもしれない。

今は、あの時よりもぐっと距離が縮んでいる。何より、整った顔を間近で見ながらの食事なんて、ドキドキする……！

「ひとつ言っておく。俺は味にうるさいから覚悟しておけ。一般家庭のキッチンで『かしわぎ』の味が出せているかどうか、吟味させてもらおう」

「は、はい。お願いします」

副社長のプレッシャーを受けて、ますます緊張してしまう。

どうしよう、すごく怖い。

太ももの上に置いている手が、自然と汗ばんでいく。副社長が味見する様子を、固唾を呑んで見守った。

「……なんだこれは」

生姜焼きを口に入れた瞬間、副社長の動きが一瞬固まった。

「ダ、ダメでしたか？」

どうしよう、やっぱり常連の舌はごまかせなかったのだろうか。『こんな料理ではダメだ、お前はクビだ』とでも言われたらどうしようと思うと怖くて、たまらず目をつぶった。

「最高に美味いじゃないか！　完璧だ」

副社長の表情がぱっと明るくなる。それを見た私は、拍子抜けして椅子から滑り落ちそうになった。

店の味を完全には出せていないというのに、絶賛するなんて。副社長の胃袋をつかむのは、意外と簡単なのかも。

まあなんにせよ、美味しそうに食べてくれて嬉しい。

副社長は箸が止まらない様子だ。ちゃんと噛んで食べているのか見ていて心配になるくらい、次々におかずを口に運んでいる。

「副社長、ご飯のおかわりありますよ」

「ありがとう。早速もらおうか」

副社長の茶碗は、もう空っぽになっていた。

私はいったん食べるのをやめ、空になった茶碗を受け取り、ご飯をよそって渡す。

「副社長、どうぞ」

「……その呼び方、変えてくれないか？」

「え？」

そんなことを言われるとは思っていなくて、きょとんとしてしまった。

「役職で呼ばれるとどうも休んでいる気がしない。家にいる時は名前で呼んでくれ」

「わ、わかりました」

とは言ったものの、いきなり呼び方を変えるのは難しい。

それに、まさか『隆弘さん』と呼べってこと？　……いやいや、恋人でもないのにそれはないだろう。

「では、家では椿さんと呼ばせていただきます」

「ああ」と、副社長、改め椿さんは満足げに笑う。

会社で彼を名前で呼んでいる人なんて、ほとんどいないと思う。なんだか私だけ特別な存在になった気分。理由があって変えるだけなのに、心の距離が縮んだような気がして嬉しかった。


昼食を食べ終わると、椿さんは「片づけておきたい仕事がある」と言って席を立ち、玄関から一番近い部屋に向かった。

それは私の部屋の隣にあり、彼は〝書斎〟と呼んでいた。

椿さんの家は３ＬＤＫで、玄関から廊下を歩いて左手に書斎と私の部屋、右手にトイレと風呂がある。廊下の突きあたりの部屋の右手にはリビング、左手にはカウンターキッチンとダイニングがあり、キッチン近くのドアを開けると廊下に出て、そこにはシャワールームとサンルーム、そして椿さんの寝室がある。

私は片づけを終えたあと、初めて自分の部屋に入った。

実家の部屋よりもひと回りほど大きく、ミルクカラーで統一されている。

モダンなリビングとはまた違った印象で、心がほっと休まるような部屋だ。

ベッドのほかにクローゼットやデスクも置かれている。

どう見てもただの客室ではないと感じた。

布団に触ってみるとふわふわで、外に干したあとのように気持ちがいい。

もしかして、事前に椿さんが干してくれたか、布団乾燥機にかけてくれたのだろうか。そんな姿、想像できないけれど。

荷ほどきを終えたあとは、書斎以外の部屋を掃除することにした。椿さんの寝室は、おそらく朝起きてそのままの状態で無残なことになっていたけれど、風呂やトイレなどの水回りはさほど汚れていなかった。あまり使っていないのか、そこだけは清潔を心がけているのかはわからない。

玄関周りは綺麗にしているようだし、気を遣っているところもあるのかも。

掃除をしながらひと通り家の中を見たけれど、改めて最新の設備が整ったマンションだと感じた。

例えば、キッチンには食器洗浄機やディスポーザーがついているし、風呂にはミストサウナがついている。また、風呂とは別にシャワールームまである。

こんな素敵な部屋、私の稼ぎでは一生かかっても住めないだろう。

お礼に家政婦として働きに来ているのに、シンデレラになった気分だ。

唯一残念なところは、広すぎて掃除に時間がかかるということくらい。

掃除をしているうちにあっという間に夕食の時間になり、椿さんリクエストのカレーを作ることにした。

市販のルーにいくつか隠し味を加える。隠し味は昔、母さんに教えてもらった。

店のメニューにはない柏木家の家庭の味だけど、椿さんは喜んでくれるかな？

鍋でじっくりと煮込んでいる間にサラダなどの副菜を作り、でき上がると書斎にいる椿さんを呼んだ。

椿さんはカレーも「最高に美味い」と嬉しそうに食べて、おかわりまでしてくれた。

こんなに喜んでくれるなら、いくらでも作ってあげたくなる。

以前一緒に住んでいた女性も、椿さんが嬉しそうに食べる姿を見て幸せを感じていたのかな。

そう考えた途端、胸がざわついた。

彼女でもないのに、どうしてこんなことばかり考えてしまうんだろう……。

夕食を終えると、椿さんは「仕事がある」と言ってまた書斎に戻っていった。

ゴールデンウィーク中も自宅で仕事をしているなんて大変そうだな。副社長クラスになると、こうも忙しくなるのか。ただ単に、根っからの仕事人間というだけかもしれないけど。

コーヒーを差し入れしたあとは、食器を食洗機に入れ、スーパーへ明日の朝食の買い出しに行った。朝食はパンとご飯どちらでもいいと聞いたので、パンを中心にした献立を考えた。

買い物から戻ると、シャワールームから水の流れる音が聞こえた。

もう仕事が片づいたのかな。それとも、気分転換にシャワーを浴びているだけだろうか。

それにしても、あっという間の一日だった。気づけば、外はもう真っ暗だ。

男性とのふたり暮らしはもっとドキドキの連続かと思っていたけど、そんなことはなかった。緊張こそしたものの、どちらかというと、初めて部署に配属された時の感覚に似ているかも。

そんなことを考えながら、残りのカレーをタッパーに詰めていると——。

「カレーはそうやって保存するのか」

後ろから突然椿さんの声がして、驚いた反動で、持っていたお玉を落としそうになった。シャワールームへの扉には背を向けていたため、椿さんの存在に全く気がつかなかったのだ。

お玉とタッパーを置いて後ろを振り向くと、椿さんは上半身裸の状態で立っていた。

彼の身体にはほどよく筋肉がついていて、腹筋も割れていた。

肩にかけたタオルで濡れた髪を拭く仕草が色っぽくて、たまらず顔を逸らす。

「ちょ、ちょっと椿さん！　何か着てください！」

「何かって……ちゃんと穿いてるだろ」

「上もです！」

椿さんはその状態のまま、さらに近づいてくる。

私は反射的に、彼と距離を取ろうとする。キッチン奥まで進むと、背中が冷蔵庫にぶつかってしまった。もうこれ以上は動けない。

椿さんは意地悪な笑みを浮かべ、追い込むようにじりじりと近づいてきた。

一体、この状況は何？

頭の中はパンク寸前だ。

「柏木、お前……男の裸に慣れてないのか？」

私を囲うように冷蔵庫に両手をつき、私の顔を覗き込むように見てくる。

お互いの鼻がぶつかりそうなくらいの距離。いつもより低くて、艶っぽい声。

鋭い瞳で見つめられて、目が離せない。心臓がバクバクして、息をするのも忘れてしまいそう。

「こんなに顔を赤くして、何を期待している？」

「期待、なんて……」

どうしてだか、うまく声が出せなかった。自分でも動揺しているのがわかって、ますます混乱してしまう。

椿さんの視線に耐えられなくなり、ぎゅっと目をつぶったその時――。

「悪乗りしすぎたかな」

ふと頭に柔らかい感触があった。

ゆっくり目を開けると、椿さんは大きな手のひらで私の頭をぽんぽんと叩いている。

「俺はただ、冷蔵庫から水を取ろうとしただけだ」

「す、すみませんでした」

慌てて冷蔵庫から離れると、椿さんはミネラルウォーターのペットボトルを取り出した。

ゴクゴクと勢いよく水を飲む姿はとても男らしくて、つい見入ってしまう。しかし、椿さんから解放され、徐々に冷静さを取り戻すと、今度はイラ立ちを覚え始めた。

「冷蔵庫を開けたいんだったら、最初からそう言ってくれればいいじゃないですか……」

私は口を尖（とが）らせる。

「お前が余りにウブな反応をするものだから、ついからかってしまった」

「からかうっていうか、これはもうセクハラの領域ですよ！」

「……言われてみれば、そうかもしれない。ごめんな、俺が悪かったよ」

椿さんは慌てた様子で、キッチンから出ていった。

これがセクハラだと指摘されるまで気づかなかったらしい。あんなに接近して、意味ありげな発言をしたくせに。

私のことをなんだと思ってるんだろう。

「私だって、れっきとした女なんですよ！」と怒りに任せて訴えると、「歳の離れた弟がいるせいか、お前くらいの歳の子は妹のように思えてしまってな」と返された。

弟のことを思っているのか、優しく微笑んでいる。

「私は妹じゃありません！　ちゃんと女性として扱ってください」

「わかったよ」

「じゃあ、お風呂に入ってきます。おやすみなさい」

「……ああ、おやすみ」

椿さんは気まずい雰囲気を和らげるように、笑顔を作っていた。

まだカレーの保存は済んでいないけれど、放置してキッチンを離れた。早歩きでリビングを出て、逃げるように自分の部屋に入る。

バタンと大きな音をたてて扉を閉め、そのままへたへたと座り込んだ。

扉にもたれながら、頭の中で椿さんの言葉を思い出す。

彼は私のことを異性として見ていない。

部下には手を出さない、とか恩人の娘だから、とか言っていたけど、単に私に興味がないのだ。薄々気づいていたけれど、事実を目の当たりにすると結構つらい。

どうしてこんなに落ち込むのだろう。彼にずっと憧れていたから？　それだけで、こんなに心が乱れるものなの？

もしかして、私、椿さんのことが好きなのかな？　彼のことをまだ何も知らないのに……。自分の気持ちがよくわからない。心が迷子になっている。

特別嫌なことをされたわけでもないのに、気持ちが沈んでしまう。

見慣れない部屋でひとり、膝を抱えて座りながら、何かを吐き出すようにため息をついた。

心、繋がる時

来訪者

家政婦二日目、かつゴールデンウィーク最終日。

椿さんが毎朝何時に起床するのか聞き忘れたため、とりあえず八時に目覚ましをかけておいた。

アラーム音を止めてすぐに起き上がる。パジャマとして着ている高校の時のジャージを脱いで、家で部屋着として使っていたTシャツとパーカーに袖(そで)を通した。ボトムスは楽ちんなゴムの長ズボンだ。

姿見の前に立って簡単に寝癖(ぐせ)を直し、クローゼットからフェイスタオルを取り出した。化粧ポーチも一緒に持っていくか迷う。

家政婦として働きに来ているのだから、化粧はしたほうがいいのだろうか。というより、椿さんにすっぴんを晒(さら)して〝私が〟大丈夫だろうか。できれば見せたくないけど、一緒に暮らしている以上いつかは見られてしまうだろう。

それに、彼は私のことを妹くらいにしか思っていない。私が化粧をしているかしていないかなんて、そもそも気にしていないかもしれない。

うだうだ悩んだ結果、化粧はしないことに決めて部屋を出た。

廊下に出るとすぐに、コーヒーのいい香りが鼻を刺激した。椿さんがもう起きていることを知り、急いでリビングへ向かう。

「おはようございます。朝食、お待たせして申し訳ありません」

ソファで新聞を読んでいる椿さんのそばに駆け寄って、すぐに謝った。

「おはよう。今回は気にするな。起床時間を伝えていなかったからな。……それより、ほかに気にすることがあるだろう」

苦い顔をしている椿さんを見て、やはり化粧をすべきだったと後悔する。

「すみません、顔を洗ってすぐに化粧をしてきます」

「そうじゃない」

「えっ？　あ、髪型ですか？　簡単には直したんですけど……」

「違う。俺が言いたいのは、その薄汚れた服のことだ。お前にとってここは職場のはずだ。身なりを整えるのは社会人の基本だろう。何より、俺の家に似つかわしくない。景観を損ねる」

「おっしゃる通りです……」

改めて自分の服装を見てみると、Tシャツの襟元は伸びているし、パンツのゴムもゆるゆる。着古しているせいで全体的に色あせている。

なぜこんな初歩的なことに気づかなかったのだろう。化粧うんぬん以前の問題だ。服装について考えるべきだった。

いつもの習慣でつい着てしまったけれど、こんな身なりで椿さんの前に出てきてしまったなんて恥ずかしい。社会人としても女性としても失格だ。最後の『景観を損ねる』という発言だけはちょっと引っかかるけれど……。

椿さんは黒のカットソーにブラウンのパンツというシンプルな恰好にもかかわらず、手足の長さが引き立って、モデルのようにカッコいい。

「何もスーツやオフィスカジュアルにしろと言っているわけじゃない。軽く出かける時に着るようなものでいいから着替えてこい」

「でも、こんな服か、会社用の服しか持ってきていません」

「なん……だと?」

椿さんの手から新聞がするりと落ちた。

いや、驚き方が大げさすぎるでしょ。……とはさすがに突っ込めない。

「軽く出かける時用の服なんて、お金がなくて買えないです。なので、オフィスカジュアルに着替えてきます」

「いや、ひとまずそのままでいい」

「でも……」

「しょうがないな、特別に俺が用意してやる」と言うと、すぐにテーブルに置いてあったスマホを手に取った。

耳に当てる仕草から、誰かに電話しようとしていることはわかる。でも、休日のこんな朝早くに、一体誰にかけているんだろう。

「もしもし、もう起きていたか？　バイトに行く準備か、ちょうどよかった。葵衣の店にある、女性用の部屋着を三セットほど持ってきてくれ。身長は百五十五センチくらいだ。いつでもいいからよろしくな」

椿さんの声は、びっくりするほど優しかった。電話の相手である〝葵衣さん〟を大切に思っていることが伝わってくる。

一体どんな人なのだろう。もしかして、副社長の好きな人だったりして……。

それにしても、いくら店員に知り合いがいるとはいえ、電話で服を取り寄せるなんてすごい。椿さん御用達の店なのだろうか。

「お前の新しい部屋着は昼前に届くそうだ。朝食を食べながら待つことにしよう」

「ご迷惑をおかけしてすみません……服代はちゃんと払いますので」

「大したことじゃない、気にするな。従業員に制服を与えたまでだ」

「……ありがとうございます」

特に気にしていない様子の椿さんに深く頭を下げてカウンターキッチンに移動した。

彼にお礼をするためにここに来たのに、私の意識が足りなかったせいで余計な出費をさせてしまった。

食費や生活費も世話になっているんだから、もらった分以上の働きをみせないと、お礼をしたことにはならない。もっと気を引きしめよう。

いつもよりきつく袖をまくって、冷蔵庫を開けた。

トーストと目玉焼き、コーンスープとベーコンエッグ、そしてフルーツの盛り合わせを用意する。サラダ替わりにグリーンスムージーを作って出したら、椿さんは目を丸くして驚いていた。

「まずそうな色をしているのに、すごく飲みやすい」と何度も言いながら。

椿さんに食後のコーヒーを出したあとは洗濯に取りかかった。

このマンションは洗濯物を外で干すのが禁止されているらしく、サンルームか乾燥機で乾かしているそうだ。

どっちがいいのかはよくわからないけど、今日は天気もいいし、太陽の力を借りることにしよう。

洗濯機のスイッチを入れてリビングに戻ると、椿さんはソファでビジネス書を読んでいた。私が席を外している間に、書斎から四、五冊持ってきたようだ。

「私もここにいていいですか？」

「もちろんだ」

昨日と同じように、椿さんの右斜め向かいに座った。ズボンのポケットに入れてあったスマホを取り出し、今日の献立を考えるためにレシピサイトを開く。

スワイプをして人気のレシピをチェックしていた時、椿さんに一番肝心なことを確認していなかったと気づく。

「椿さん、今話しかけても大丈夫ですか？」

「大丈夫だ。どうした？」

椿さんはわざわざ本を閉じて、私に視線を合わせてくれた。

「椿さんの好きな食べ物と、嫌いな食べ物を教えてください。あと、アレルギーで食べられないものも」

「好きな食べ物は、『かしわぎ』の定食全般だな。アレルギーは特にない。あと、嫌いなものは……」

「嫌いなものは？」

「……グリーンピースだ。あれだけは好きになれん」

眉間に皺を寄せ、真剣な口調で話す椿さん。

会社では鬼と恐れられている椿さんに、子どもみたいな好き嫌いがあるなんて。そのギャップが面白くて笑ってしまいそうだ。

「そ、そうですか。使わないように気をつけますね」

込み上げてくる笑いを必死に我慢して話したら、声が震えてしまった。

「柏木、お前笑っているだろ」

「笑ってません」と言いつつもこらえられず、うつむいて顔を隠した。

「いや、確実に笑っていた。新入社員のくせに副社長をバカにするなんて、いい度胸してるな」

椿さんは不機嫌そうな顔で話しながらこちらに手を伸ばし、髪の毛をぐちゃぐちゃにしてきた。

「何するんですか！　せっかく寝癖直したのに」

「生意気な奴にはお仕置きが必要だろ」

「子どもですか！」

反論したら、今度はほっぺをぐにっとつままれた。

全く痛くはないけれど、きっと不細工になっているだろう。今すぐ放してほしい。

でも椿さんは、なぜか楽しそうだった。

もしかして、人をいじめるのが好きなのかな？　会社で部下に厳しいのも、ドSだったからなのか……。

「や、やめてくらさい、セクハラになりまふよ」

彼に対して、おそらく最も攻撃力のある言葉を口にした時――。

「うわあ、お兄ちゃんセクハラする人だったの？　サイテー」と、聞き覚えのない声が部屋に響いた。

「……葵衣。来ていたのか」

椿さんはすぐに私から手を放した。

咄嗟に手で頬を覆うと、彼の体温が移ったのかほんのり熱を持っていた。

「お兄ちゃん、この子にセクハラしてたの？」

「していない。誤解だ」

椿さんを『お兄ちゃん』と呼び、『葵衣』と呼ばれていたのは、今時の若い男の子だった。

ゆるふわパーマのマッシュヘアは金色に近い茶髪で、リングのピアスが見え隠れしている。グレーのトレーナーにストライプが入ったパンツというシンプルな組み合わせだけど、ネックレスやブレスレットなどの小物使いが上手でオシャレに見える。

ぱっちりとした大きな瞳が印象的で、女性アイドルのように可愛らしいこの男の子は、どうやら椿さんの弟らしい。

〝葵衣さん〟が女性ではなかったと知り、なぜだかほっとした。

「そんなの、本人に聞いてみないとわかんないじゃん。ねえ、お姉さん、変なことされてない？」

眉尻を下げ、心配そうに聞いてくれる葵衣くんはとにかく可愛らしくて、感動すら覚える。椿さんとは見た目も性格も似ていないようだ。

「大丈夫、大げさに言っただけなので。心配かけてすみません」

「それならよかった。あ、僕は弟の葵衣っていいます。あなたは？　お兄ちゃんの彼女？」

「そんなわけないだろう。彼女は柏木美緒。家政婦で、俺の部下だ」

葵衣くんの質問に対して、なぜか私の代わりに椿さんが答えた。

いくら勘違いされたくないからって、間髪容れずに否定しなくてもいいのに。

椿さんの態度に少しムッとしたけれど、葵衣くんがいる手前怒るわけにもいかず、立ち上がって笑顔で自己紹介をした。

「ああ、この前電話で言ってたもんね！　それで、この服はこの子に？」

「そうだ。これからバイトなのに、迷惑かけたな」

「ううん、まだ開店前だし大丈夫だよ。……そうだ！　美緒さん、姿見の前で合わせてみてよ」

葵衣くんは、大きな紙袋を胸の前まで持ってきて、得意げに見せる。

その笑顔も仕草も、いちいち可愛くて癒される。

「わかりました、部屋に行ってきますね」

「あ、僕も見たいから一緒に行こう」

「あっ、ちょっと待って」

葵衣くんは紙袋を持ってリビングを出ていってしまった。

急いであとを追う。

彼は迷わず、私の部屋の扉を開けた。

「ここに姿見があるって知ってたんですか？」

「当然！　だってここ、僕の部屋だったんだもん。……って、堅苦しいから敬語はやめない？　僕たち、歳近いと思うんだけど」

葵衣くんは扉を閉めると、紙袋から服を出してベッドの上に並べた。

「私は今年二十三歳だよ、葵衣くんは？」

「僕は二十二歳、大学四年生。あ、僕のほうが年下なのに、タメ口でごめんね」

「ううん、気にしないで。ところで話が戻っちゃうけど、ここって葵衣くんの部屋だったの？」

「そうそう、一年くらい前まで住んでたかなあ。大学の課題が大変になってきて、今は学校の近くでひとり暮らしさせてもらってるよ」

のんびりした口調とは対照的に、テキパキと服を組み合わせていく。あっという間に四組のコーディネートができ上がった。

「わあ、どれも可愛いね」

「でしょ？　着心地のいいものばかりだから部屋着に最適だよ。シンプルに見えるけど、こだわりのあるデザインだから、普通に着るだけでオシャレに見えるし」

葵衣くんの言う通り、丸みを帯びた袖のトップスや、レースがあしらわれたロングスカートなど、女の子らしくて素敵な服ばかりだ。

「そうなんだ、早速着てみたいな！」

「ぜひぜひ！　でも着替える前に、少し話そうよ。僕、美緒さんにとっても興味があるんだ」

「私に？」

葵衣くんはベッドの空きスペースに、私はデスクのそばにある椅子に腰を下ろした。

「うん。お兄ちゃんが家族以外の人と住むなんて初めてだから。どんな人かなって思って」

葵衣くんは、ワクワクした様子でこちらを見ている。

「期待を裏切るようで悪いけど、ただの家政婦だよ。しかも、私からお礼がしたいって頼んだことがきっかけだし」

「うん、全部聞いてるよ。確か恩人の娘さんなんでしょ？」

「そうみたい。だから会社に採用してくれたんだと思う」

頭ではそう理解していたけれど、実際口にしてみると、自分のことを〝能力がない〟と言っているみたいでつらかった。

「んー、そうなのかなあ……」

葵衣くんは、顎に手を当てて何かを考えているようだ。

確か椿さんも、家政婦の案を思いついた時や調理器具があるか考えていた時に、同じ仕草をしていた。さすがは血を分けた兄弟だ。

「うちのお兄ちゃんはそんなに甘くないと思うよ？　いくら恩人の娘だからって、気に入らなければ採用しないんじゃないかなあ」

「そうなの？」

「そうだよ。気に入ったから採用したんだろうし、一緒に住むことにも抵抗がなかったんだよ！」

そんなわけがないと思ったけど、瞳を輝かせて話す彼に否定的な言葉はかけられなかった。

「もしそうだったら、嬉しいな」

「まあ、家政婦が欲しいって気持ちも大きかったとは思うけどね。お兄ちゃん、家事だけは天才的にダメだから」

「あはは、わかる。この家に暮らしていた時は、葵衣くんが家事をしていたの？」

「うん。特に掃除が大変だったよ。あの人すぐに散らかしちゃうから。一回怒ったことがあるよ、せめて靴だけでもしまってって」

葵くんと話していていくつか謎が解けた。ひとつは、どうして玄関先だけ綺麗だったのかということ。

椿さんは、弟に注意されたから玄関だけは綺麗にしていたようだ。健気(けなげ)で可愛いところもあるみたい。

それから、この部屋だけインテリアのテイストが違う理由だ。おそらく、ここは葵衣くんがインテリアを決めた唯一の場所なのだろう。料理器具や掃除道具が揃っていたのも、彼が家事を引き受けていたからだ。

謎が解けた代わりに新しい疑問も浮かんだ。葵衣くんがいなくなってからの一年、誰が椿さんの面倒を見ていたのだろうか。家政婦を雇っていたという話は聞いていないし、やっぱり同棲していた彼女がやってくれていたのかな……？

「葵衣くんが引越したあと、椿さんはどうやって生活していたの？　代わりに家事をしてくれる人がいたとか？　例えばその……お付き合いしている人とか……」

「ああ、彼女？　いや、いなかったと思うよ？　お兄ちゃん、女の人を家に連れてきたことないし」

「えっ、そうなの？」

「僕がいた時は、気を遣ってくれてたんだと思うけど。そもそも仕事人間だから、家に呼ぶ前にフラれちゃうんじゃない？」

あんなにカッコいい椿さんが、女性にフラれるなんて想像できない。……それなのに、なぜか笑えてしまう。

「それで、結局最近まで僕が通って家事をしていたよ。おかずを作って、タッパーに入れて持ってきたりね」

「ああ、だからタッパーがあったんだ。でも通ってまでお世話するのは大変だったんじゃない？　勉強とバイトがあるのに」

「……ううん。お兄ちゃんにはすごく苦労かけちゃったから、このくらい当然だよ」

急に葵衣くんの声のトーンが落ちた。さっきまで屈託のない笑顔で楽しそうに話していたのに、今は哀しげに瞳が揺れている。

何かいけない質問をしてしまったのだろうか。葵衣くんの言葉の真意が気になったけど、これ以上聞いてはいけないと察した。

「でも今は私がいるから。葵衣くんは勉強に集中してね」

「ありがとう。世話の焼ける兄だけど、よろしくね。そうだ、よかったら連絡先教えてくれる？　これからも、お兄ちゃんの話とかで盛り上がりたいし」

再び葵衣くんに無邪気な笑顔が戻って、ほっとした。

「もちろん、いいよ」

「わぁい、ありがとう。何か困ったことがあったら、いつでも連絡してね……あ、結構話し込んじゃったね。そろそろ着替える？」

「うん、そうしようかな」

「じゃあ、僕はあっちで待ってるから」

葵衣くんは手をひらひらと振って、部屋を出ていった。

ひとりになり、椅子から立ち上がってベッドの前でどの服を着ようか吟味する。

少し悩んだ結果、白のカットソーとカーキのロングスカートの組み合わせに決めた。

着替えてリビングに向かうと、すぐに葵衣くんが、飼い主の帰宅を喜ぶ犬のように駆け寄ってきた。

「美緒さん、すごく可愛い！　サイズもぴったりだね」

「そうかな、ありがとう」

「ねえ、お兄ちゃんもそう思うでしょ？」

葵衣くんが、相変わらずソファでビジネス書を読んでいた椿さんに話を振った。

椿さんは立ち上がって、私から二メートルほど距離を取り、値踏み（ねぶ）するように上から下まで眺める。

全身に緊張が走る。きっと嬉しい感想は言ってくれないだろうけど、少しだけ期待してしまう自分がいた。

「相変わらず、葵衣のセンスは抜群だな。ナイスコーディネートだ」

自分は何もしていないのに、なぜか椿さんはドヤ顔だ。

葵衣くんのセンスだけ褒めて、着ている私についてひと言もないなんて……。

『このブラコンが！』と罵りたくなった。

「お兄ちゃんは、なんでそういうことを言うかなぁ……」

少し期待してしまっただけに、ショックも大きい。

あからさまに表情を硬くする私に気づいたのか、葵衣くんがすかさずフォローを入れてくれる。

「いいの、いいの。ありがとう」

葵衣くんだけに聞こえるくらいのボリュームでお礼を言う。

「こんなに可愛いのに、お兄ちゃんはわかってないなあ。美緒さん、今すっぴんでしょ？」

「あっ、そうだった……」

今になって、初対面の男性の前ですっぴんだったことに気がつく。恥ずかしさに赤面し、思わず手で顔を隠した。

「すっぴんでここまで可愛い子、なかなかいないと思うけどなあ」

「えっ？」

葵衣くんは、私にぐっと顔を近づけて、囁くようにこう言った。

「お兄ちゃんに飽きたら、僕のところにおいでよ」

吐息が耳にかかり、くすぐったくて肩が跳ねた。色っぽい声と、肉食系な発言に身体が熱くなる。

「じゃあ、僕はそろそろ行くね！　あ、そうだ。カードキーは一応返しておくよ。美緒さんが帰ってきて、家に僕がいたら驚くでしょ？」

葵衣くんは財布からカードキーを取り出すと、椿さんに手渡した。

「そうか、わかった。でも、いつでも帰ってきていいんだからな？」

「うん、ありがと！　じゃあ、ふたりともまたね」

葵衣くんは何事もなかったかのように、無邪気な笑顔で帰っていった。

頭の中では、何度も彼の言葉がリピートされる。

『お兄ちゃんに飽きたら、僕のところにおいでよ』

見た目と雰囲気が女の子みたいだからか、初対面なのに緊張せず話せた。女友達が増えたみたいで楽しくて、ちょっと油断していたかもしれない。

「おい、ぼーっと突っ立ってどうした？」

いつの間にか、椿さんはごく近くにいて、私の顔を覗き込んでいる。

昨日の夜、キッチンでからかわれた時のように顔が近くて、どこに目線をやっていいのか困る。

「わ、そんなに見ないでくださいよ」

「顔が赤いが……もしかして、葵衣に惚れたのか？」

「いえ、なんでもないです」

「ひとつ忠告しておくが、葵衣に手を出したら許さんぞ」

「……出しません」

『このブラコンが！』と再び罵りたくなったけど、ぐっとこらえた。

イラッとした気持ちを落ち着かせたくて「そろそろ買い出しに行ってきます」と告げると、予想外の言葉が返ってきた。

「ああ、そうだ。今日の夜は二階のレストランで食べないか？」

「外食ですか？」

「明日からの仕事に向けて、景気付けにと思ってな。もちろん俺の奢りだ」

椿さんと外食すると思うと、胸がときめいた。不思議とさっきまで感じていたイラ立ちが消えていった。私って、かなり単純な人間なのかもしれない。

「ありがとうございます、夕食が楽しみです」

「それは何よりだ」

時々見せる優しい笑顔が、ズルいくらいにカッコいい。

家事ができなかったり、たまに意地悪をされたりしても、彼の笑顔を見たら全部許してしまいそう。イケメンって得をする生き物だな、なんて考えながら、二階のスーパーへと向かった。

初めての外食

陽が落ちてから、私たちは二階にあるイタリアンレストランへ向かった。メイクをしようとしたけれど椿さんに『マンションの中を歩くだけだから、そのままでいいだろう』と言われ、その通りにした。

店内に入ると、黒いベストにギャルソンエプロンをつけた店員に案内された。白い壁と赤タイルの床が印象的で、スタイリッシュな雰囲気だ。四名掛けのテーブルが十組ほどあり、半数以上埋まっている。

やっぱりちゃんとメイクをすればよかったと、今さら後悔した。

「いらっしゃいませ。今日はお連れ様とご一緒なのですね」

「ああ、たまにはな」

椿さんは、リラックスした様子で店員と話している。よく食べに来ているのかな。

「こちら、メニューと本日のおすすめでございます」

店員は、椿さんと私にそれぞれ食事のメニューとドリンクメニューを手渡した。

テーブルの上には季節のメニューが置かれている。

「スパークリングワインは飲めるか？」

「はい、大丈夫です」

「料理は俺が適当に頼もうと思うが、何か食べたいものはあるか？」

「椿さんにお任せします」

「わかった。俺のおすすめを食わせてやる」

椿さんは店員を呼ぶと、スパークリングワインのほか、いくつかの料理を注文した。

すぐにワインが運ばれ、あらかじめ置かれていたフルートグラスに注がれる。グラス内に立ち上がる細かな泡は、どこか幻想的で綺麗だった。

「まずは乾杯しよう」

「はい」

ふたつのグラスを合わせて、カチンと音を鳴らした。

口に含むと、ほどよい酸味が口の中に広がる。

椿さんはワインをひと口飲むと、グラスをいったんテーブルに置いた。

「明日から仕事って思うと、憂鬱だよなあ」

「ブッ……」

突然のネガティブ発言にびっくりして、ワインを噴き出してしまった。慌ててナプキンで口元を拭う。

「汚いぞ」

椿さんの冷たい視線が痛い。

「だって、椿さんがそんなこと言うなんて、思わなかったですもん」

「……前から思っていたが、柏木は俺を機械か何かだと思っているのか？」

椿さんは怪訝そうな面持ちで私を見ている。

「いえ、機械とまでは……」

「俺だって普通の人間だ。仕事を面倒と感じる時もあるし、苦手なものもある」

「グリーンピース、ですね」

「……あれだけは許せん」

グリーンピースにどんな思い出があるんだろう？と首を傾げそうになるくらい、椿さんは嫌悪感剥き出しだ。

そういうところに母性本能をくすぐられる。子どもみたいで笑ってしまいそうになるけど、また意地悪されそうだから我慢しよう。

新しい話題を探そうとしていた頃、鯛のカルパッチョとカプレーゼが運ばれてきた。

「ここの料理は素材にこだわっているから、美味いぞ」

「わあ、楽しみです。いただきます」

トマトとモッツァレラチーズを同時に食べると、トマトの甘みとチーズの酸味が口の中に広がる。チーズの滑(なめ)らかな口触りは、癖になってしまいそうだ。

「美味しい！」

「だろう？　こんな店がマンションの中にあるなんてありがたいよな」という椿さんの発言から、マンション内の設備の話に移っていった。

マンションの高層階には高級フレンチとバーがあるらしい。ほかにも住人専用のラウンジや、スパ、スポーツジムもあるとか。

「気になるところがあれば、行ってみるといい」

「どれも気になりますけど、セレブ集団の中に飛び込むのは勇気がいります……」

「今はここの住人なんだから、遠慮することはない。といっても、俺もこのレストランと、隣のカフェくらいしか利用しないけどな」

「カフェにも行かれるんですか？」

「ああ、平日の朝は必ずそこでモーニングを食べていた。明日からは、その必要もないがな」

椿さん曰く、そのカフェはアメリカンな雰囲気で、ハンバーガーメニューが充実しているらしい。モーニングはトーストセットやアサイーボウルなどの限定メニューもあるのだとか。

それにしても、出勤前にカフェでモーニングとは、なんて優雅な朝を送っているのだろう。

私なんて実家から会社まで一時間以上かかっていたから、そんな余裕などなかった。

「そういえば、平日は何時に起きて、何時に家を出られますか？」

「六時半頃に起きて、七時には朝食をとりたい。八時には家を出ようと思う」

「え？　八時って早すぎませんか？　ここから会社までは歩いて十分もかかりませんよね」

会社の始業時間は九時半だ。計算すると、椿さんは一時間以上も前に出社することになる。私の部署は皆ギリギリに出社しているから、その差に驚いてしまった。

「何かとやることが多いうえに、社長の世間話に付き合わないといけないからな」

「社長、おしゃべり好きなんですか？」

「ああ、よくしゃべる」

椿さんは困ったように笑う。

「普段はどんなお話を？」

「くだらない話ばっかりだ。昼に食べたハンバーガーがまずかった、とかな。聞かされるほうの身にもなってほしいよな」

文句を言っているけど、本当は面倒だとは思っていない感じがした。そうでなければ、こんなに楽しそうに話したりしない。

「仲がよさそうですね」

「そうでもないさ。まあ社長には世話になっているし、世間話くらい聞いてやらないとな」

確か昨日もそんなことを言っていたな。突っ込んでいい話なのかわからなかったけど、気になったので掘り下げてみることにした。

「社長に認めていただいたから、椿さんは副社長になることができた、っておっしゃってましたよね？」

「そうだ。俺がこの会社で働き始めたのは大学の時からなんだ。その時の上司が社長だった」

椿さんはインターンシップでこの会社に来て、学生にもかかわらず、いくつもの重要プロジェクトを成功に導いたらしい。

天才的な経営センスと努力を重ねて得た知識を今の社長に買われて正社員となり、

トントン拍子に昇進したという。

そんな椿さんのサクセスストーリーを聞いているうちにお皿は空になり、入れ替わるようにしてピザが運ばれてきた。どうやら、椿さんがよく注文するものらしい。

ふんわりした生地と香り高いチーズがマッチして、濃厚で素晴らしい味わいだった。

「こんなに美味しいピザを食べたのは初めてです！　特にとろけたチーズが最高でした。ごちそうさまでした」

「安定の美味さだったな。明日からまた忙しくなるが、お互い頑張ろう」

「はい！」

店を出て、一緒にエレベーターに乗って部屋に戻る。昨日から始まったことなのに、ずっと前からこうしているような気がして不思議だ。最初はすごく緊張していたのに、今はわりと自然体で過ごせている。

それはきっと、椿さんが私に気を遣ってくれているからだと思う。常に話題を振ってくれるし、ご飯に誘ってくれたのも英気を養わせようとしてくれたのだろう。

ふと、葵衣くんの『気に入ったから採用したんだろうし、一緒に住むことにも抵抗がなかったんだよ！』という言葉が蘇る。

あの言葉が本当だったらいいな、なんて思いながら、椿さんの少し後ろを歩いた。

ゴールデンウィーク明け

連休明け初日の朝は、六時過ぎに目覚ましをかけた。

アラーム音を止めてすぐに起き上がる。昔から寝起きはいいほうで、得意なことは料理と早起きくらいかもしれない。

とりあえず会社用の服に着替えてキッチンへ行き、エプロンを着けて準備完了。夕イマー予約をしておいた炊飯器の蓋を開け、問題なく炊けていることを確認した。

今朝の献立は、焼き魚と味噌汁、カボチャの煮物と卵焼き、湯豆腐というメニューにした。張りきりすぎてボリューミーになってしまったけれど、大丈夫だろうか。

七時前になると、ワイシャツ姿の椿さんが新聞を片手にリビングにやってきた。

このマンションでは、スタッフが玄関先まで新聞を持ってきてくれる。本当に至れり尽くせりだ。

「おはようございます」

「おはよう。今日の朝食はなんだ？」

「ザ・和食です」

「健康的でいいな。食後にコーヒーも頼む」

椿さんは柔らかく笑っている。和食の朝食も好きなんだなと思った。

「はい」

ダイニングテーブルに料理を並べて、ふたりで手を合わせてから食べ始める。

「ちょっと作りすぎてしまったので、多かったら残してくださいね」

「このくらい余裕だ。お前は無理そうなのか?」

椿さんは私の箸の進みが遅いことに、気づいているようだ。

「そうですね。ご飯と味噌汁くらいしか食べられないかも……」

まだ早いせいかあまり食欲がない。そういえば、実家にいた時も朝はヨーグルトくらいしか食べていなかった。ついふたり分作ってしまったけど、椿さんの分だけにしておけばよかったかもしれない。

「だったら、残りを弁当にして持っていけばいいんじゃないか?」

「それ、いいですね! お弁当箱ありましたっけ?」

「ああ。葵衣が高校の時に使っていたものがあったと思う。嫌じゃなければ、使ってくれ」

男子高校生が使っていた弁当箱か。サイズが大きそうだけど、大は小を兼ねるから特に問題はないだろう。

「ありがとうございます。そういえば、椿さんと葵衣くんっていくつ歳が離れているんですか？」

「ちょうど十歳だな」

　ということは、椿さんは今年三十二歳ということか。その歳で副社長だなんて、本当にスピード出世だったんだな。

「結構離れていますね。赤ちゃんの時は、お世話してあげたりしたんですか？」

「……まあな。葵衣のことは、俺も兄も可愛がっていた」

「えっ、お兄さんもいらっしゃるんですか？」

「三つ違いの兄がいる」

　つまり、一番上のお兄さんと葵衣くんはひと回り以上離れているということになる。お兄さんは、今どこで何をしているのだろう。

「お兄さんは、どんなお仕事をされているんですか？」

「兄はずっと実家の近くに住んでいる。親父の会社を継いでいるよ」

「ということは、社長さんってことですか？」

「一応はな」

黙々とご飯を食べながら、淡々と新しい事実を口にする椿さん。

それとは対照的に、私は驚いて思わず箸をいったん置いた。

椿さんのご実家は、どのくらいの規模かはわからないけれど、会社を経営している。

つまり、椿さんは御曹司ということ。普通に考えればお金持ちだ。

けれども、母さんの話では、昔の椿さんは食べるものにも困っていたらしい。一体過去に何があったのだろう？

「——美味かった。ごちそうさま」

「おそまつさまでした！　すぐにコーヒーを淹れますね」

キッチンへ行き、コーヒーマシンのスイッチを押した。

でき上がったコーヒーをカップに注ぎ、椿さんのもとへ持っていき、空になった皿をシンクに運ぶ。

ついでに弁当箱を探しているうちに、椿さんはコーヒーを飲み終わり、「支度をする」と言って、洗面所のほうへ行ってしまった。

話の途中で時間がなくなってしまったので、まだ気になることがあったけど、今朝はもうこれ以上は聞けそうにない。

「あ、あった」

葵衣くんの弁当箱は収納棚の奥にあり、思ったより小さかった。可愛いうさぎのキャラクターが描かれていて、どう見ても女の子用だ。やっぱり葵衣くんは、乙女系の男子なのかもしれない。

朝食の残りを弁当箱に詰め、もろもろの片づけを終えた頃には、椿さんが家を出る八時になっていた。

「俺は先に行く。帰りの時間はまた連絡するから。戸締まり頼むな」

「は、はい！　お任せください！」

椿さんが外に出てドアを閉める瞬間まで、玄関で見送った。

久しぶりにスーツ姿を見たからなのかわからないけど、ドキドキしてしまった。

私服姿の時とは雰囲気がガラッと変わる。カリスマオーラをまとい、人々の心を鷲づかみにしてしまう感じ。

椿さんのスーツ姿が余りに眩しすぎて、すぐに支度をしないといけないのにしばらく動くことができなかった。


なんとか家を出て、始業時間の十分前には職場に着くことができた。

約一週間ぶりの会社。また仕事の日々が始まると思うと少しだけ憂鬱だけど、思ったより前向きでいられそう。

昨日椿さんに美味しいものをごちそうしてもらったおかげか、混雑した通勤電車に乗らずに出勤できたからか。どちらにせよ、五月病にはかからずに済みそうだ。

「おはようございます」

近くの同僚に挨拶をすると、菅野さんが驚いた様子でこちらを見てきた。

「あれ、カッシー電車大丈夫だった？」

「電車、ですか？」

「カッシーがいつも乗ってる路線、人身事故でずっと止まってたじゃん。連絡来ないし、大丈夫かなって心配してたんだよ」

ヤバい、と瞬間的に思った。実家のある駅は路線がひとつしかなく、電車が止まっても迂回することができない。このせいで、何回か遅刻してしまったことがある。

電車の運行状況を確認するところまで考えが及ばなかった。どうしよう、冷や汗が出てきた。早く何か言わないと、怪しまれるかもしれない。

「昨日、たまたま近くに住んでいる友達の家に泊まってたんですよ。ご心配おかけしてすみませんでした」

「そうなんだ。その友達って、もしかして彼氏？」

「そんなわけないじゃないですか！　高校時代の女友達ですよ」

「えー、怪しいなあ」

ニヤニヤと笑う菅野さんの探りを笑顔でスルーして席に着いた。

なんとかごまかせたかな。まあ、嘘だと思われても、まさか私が副社長の家から出社したなんて思いつく人はいないだろう。

でも、細心の注意を払うに越したことはない。通勤時は周囲の目を気にしつつ、電車の運行情報の確認もしておこう。

そんなことを考えていると、部長がオフィス内に響き渡るほどの声で話し始めた。

「皆、おはよう。連休明けで頭が回っていないところ悪いが、トップオーダーがあったので共有させてもらう」

トップオーダーってなんのことだろうと考えていると、菅野さんが小声で「社長直々に仕事を依頼されたんだよ」と説明してくれた。

どうやら、社長から新規領域開拓に向けたリサーチを指示され、三週間後に報告会を行うらしい。チームごとに発表するのだとか。

「本件を対応するにあたり、残業規制も解除された。もう定時にこだわる必要はない。準備期間は短いが、知恵を絞り合い、副社長に我々の力を見せつけようではないか」

「おおー！」

部長の呼びかけに皆が鼓舞されて、オフィスは熱気に包まれた。

先日椿さんにボロクソに言われて、よっぽどヘコんでいたのだろう。まるで魔王を倒しに行く勇者と、その仲間たちのようだ。

私としては、椿さんが悪者扱いされているみたいでいい気はしない。

「カッシー、一緒に頑張ろうね！」

拳を握る菅野さんの顔は、やる気に満ち溢れていた。

「はい」

すると、菅野さんは立ち上がって「早速忙しくなるので、景気づけに今晩皆で飲みに行きませんか？」とグループメンバーに声をかけた。

菅野さんの提案にメンバーたちは「いいねえ」とノリノリで答えている。

その一方で、私は何も言えないでいる。

新入社員だし、先輩の誘いは受けたほうがいいと思う。でも、家政婦になってまだ三日目なのに、椿さんを放って飲みに行くなんていいのだろうか。常識的に考えて、よくないよね。

「すみません。せっかくのお誘いなんですけど、外せない用事があって」

「そっか、残念だけど仕方ないよ、急だったしね。また飲みに行こうね」

「はい！」

メンバーのひとりが優しく声をかけてくれて、ほっと胸を撫で下ろした。

これからこういうケースも増えてくるだろうし、折を見て椿さんに相談してみようと思った。


新しい業務が増えたといっても、新入社員にできることは多くない。菅野さんを始め先輩方は早速残業するようだけど、私は定時である十八時に上がることになった。

いつもだったら本社ビルを出て左に曲がって駅に向かうけれど、椿さんの家は逆方向。一応近くに知り合いがいないか確認したあと、右に曲がった。オフィス街を離れると、すぐに高層マンションが立ち並ぶセレブ街に入る。

なんてストレスフリーな通勤なのだろう。毎日満員電車に揺られ、一時間以上かけて通勤していた私は、感動すら覚えた。

この生活は、誰よりも努力して、成功をつかんできた証なのかもしれない。少なくとも、社会人一年目のひよっ子が味わってもいい蜜ではないだろう。

だからこそ、せめて自分に与えられた役割をしっかりこなそうと思った。そのひとつとして、椿さんが好きな『かしわぎ』の味をちゃんと再現しないと。

今日は、彼が好きだと言っていた唐揚げ定食にしよう。

マンション内に入り、二階のスーパーで買い物をしてから部屋に帰った。冷蔵庫に食材を入れてスマホを確認すると、椿さんから連絡が来ていた。

【今日の帰りは二十一時以降になる。先に夕食を済ませていろ】

【わかりました】と返事をして、どさっとソファに座り込んだ。

よく考えたら、ひとりで留守番するのは今日が始めてかも。

今朝、椿さんを見送ったあとはひとりだったが、慌てて支度をしていたため、寂しさを感じる暇もなかった。広い家にひとりぼっちでいるのは、少し心細い。葵衣くんは、どんな気持ちで椿さんの帰りを待っていたのだろうか。

何げなく辺りを見渡すと、ソファには椿さんのビジネス書が十冊くらい積んである。昨日の昼は五冊くらいだったのに、いつの間にか増えていた。

こうやって読んだものをしまわずにいるから、すぐに散らかってしまうのだろう。

読みかけの本がどれなのかわからないけれど、とりあえずすべて書斎に戻すことにした。

リビングから廊下に出て、椿さんの書斎へ向かう。彼の書斎は、レトロなデザインの本棚とデスクが印象的な部屋だ。本棚にはびっしりとビジネス書が並び、デスクにはパソコンが置かれている。ちょっと埃っぽくて、古い紙の匂いがして、ノスタルジックな気分になる。

そんな素敵な部屋なのに、ひとつだけ残念なのは、やっぱりここも散らかっているということ。

床には紙くずが落ちているし、デスクに置かれた灰皿からかなりの灰が落ちている。

昨日掃除したばかりなのに、どうしてこうなっちゃうんだろう。椿さんの寝室も確認したほうがいいかな。

料理の前にまずは掃除だと気づき、自室に戻って部屋着に着替えた。

洗濯機を回し各部屋の掃除をしていると、あっという間に時計の針が回っていく。

おかげで料理に取りかかるのが遅くなってしまった。仕事と家事の両立は大変なのだと実感する。

唐揚げは揚げたてが美味しいから、いっそ椿さんの帰りを待って一緒に食べよう。

ひとりで食べるよりふたりで食べるほうが美味しいはずだと思った私は、唐揚げ以外のおかずを作って、空腹と戦いながら彼の帰りを待っていた。

二十一時過ぎになり、ガチャッと扉の開く音が聞こえた。

急いで駆け寄ると、椿さんが革靴を脱ごうとしている。

「おかえりなさい」

「ああ、ただいま」

「カバン、持ちますよ」

「悪いな」

椿さんから会社用のカバンを受け取る。見た目よりずっしりとしている。きっと高級な革で作られているため、カバンそのものが重いのだろう。

椿さんはスーツを脱ぎ、「これもかけといてくれ」と渡してきた。スーツからは少し煙草の香りがした。会社では吸っているらしい。

家にいる時に書斎以外で吸わないのは、私に気を遣ってくれているからだろうか。

スーツとカバンを寝室に置いてリビングに戻ると、椿さんはネクタイを緩め、首元のボタンを開けていた。

露わになった鎖骨がセクシーで、この前の風呂上がりのことを思い出してしまう。

「すぐにご飯の準備をしますね。唐揚げを揚げるので、少々お待ちください」

「まさか、揚げたてを食わせてくれるのか⁉　疲れも吹き飛ぶな」

からっと笑う顔を見て、待っていてよかったと心から思った。

唐揚げを作り終え、ふたり分の食事をテーブルに並べる。

「お前もまだだったのか。待たせて悪かったな」

「いえ、勝手に待っていただけですから。さあ、熱々のうちに食べましょう」

「ああ、いただきます」

椿さんは大きめの唐揚げを、ひと口でぱくっと食べた。

「やけどに気をつけてください」と言おうとしたけれど、すでに遅かった。

口を手で押さえたまま涙目になって、つらそうにしている。

私は急いでテーブルにあった、水の入ったグラスを手に取った。

「お水どうぞ」

椿さんは申し訳なさそうにグラスを受け取り、グビグビと勢いよく飲む。そして、
ゆっくりと息を吐いた。

「助かった、ありがとう」

「大丈夫ですか？」

「少しヒリヒリするくらいだ」

「ふふ」

子どもみたいな失敗をする椿さんが可愛くて、いけないと思いつつ笑ってしまった。

「笑うな」

椿さんは耳を赤くして、不機嫌そうに口を尖らせる。

「ごめんなさい」

会社では鬼と呼ばれている人が家ではこんなにお茶目だなんて、誰が想像できるだろう。きっと、私しか知らない真実。たまたま知る機会を得ただけなのに、どうしても優越感に浸ってしまう。

椿さんは気を取り直してご飯を食べ始め、今週の予定を共有してくれた。

「今週の金曜は接待があるから、夕食はいらない」

「わかりました。私も先輩方から飲み会に誘われることがあると思うのですが、その場合はどうしたらいいですか？」

「そうだな、余裕があればおかずを冷蔵庫に入れておいてくれ」

「わかりました」

そんな話をしながら、穏やかな時間は過ぎていった。

恋に気づく瞬間

金曜日の夕方。

仕事と家事で忙しくしていたせいか、一週間が過ぎるのはあっという間だった。

定時になる直前に、人事部の中垣さんからメールが届いた。

件名は【新入社員懇親会】で、人事部と新入社員数名が集まり、近況を報告するというものだった。

中垣さんは入社七年目の人事部員で、新入社員研修の時にお世話になった。とても明るくて、誰に対してもフレンドリーな人だ。

あっさりとしたきつね顔で、髪はワックスで癖をつけている。カッコいいだけじゃなくて面倒見もよいため、同期の女性社員で彼に憧れている子も少なくない。

参加可否を聞かれているけど、なんとなく断れなさそうな雰囲気なので、すぐに参加の連絡をして退社した。

今夜は椿さんが接待でいないから、夕食は外で済ませてしまおう。どこで食べようかいろいろと悩んだ結果、マンション二階のカフェに行くことにした。椿さんが毎朝モーニングを食べていた店と聞いて、気になっていたのだ。

夜のメニューは椿さんが言っていた通りに、ハンバーガーがメインだった。

人気のチーズベーコンハンバーガーとポテトを注文する。思っていた以上にボリュームがあってびっくりしたけれど、肉厚のベーコンと濃厚なチーズがとても美味しい。次はモーニングメニューも食べてみたいと思った。


ご飯を食べ終え、三十八階の部屋に戻る。真っ暗で、静まり返った部屋。

誰もいないんだからそんなことは当たり前なのに、寂しく感じてしまう。実家にいた時は家に帰ると必ず母さんがいたから、こんな気持ちになることはなかった。

父さんと母さんは元気かな。まだ実家を出て約一週間だけど、もう顔が見たくなっている。新しい生活は充実しているのに、家が恋しいと感じるのはなぜだろう。

母さんとはメールや電話でやり取りをしている。

あれから借金取りは来ておらず、椿さんの友人である弁護士が事情を聴きに店へやってきたらしい。

これで、問題が解決に向かうといいな。何から何まで椿さんのおかげだ。

今日は料理を作らなくていいし、その分掃除をしっかりやろうと決めた。椿さんの寝室や書斎に入ると、予想以上に散らかった部屋に唖然としてしまった。

寝室の床は、脱ぎっぱなしの服や雑誌が散乱している。クローゼットの棚は、開けっぱなしだ。書斎は探し物をしていたのか、本棚からいろんな本が出されていて、机の上や床に無造作に置かれている。

「なんで、すぐに汚くなっちゃうの……」

ある意味天才なのか？　と本気で思ってしまうくらい、彼の部屋はすぐに汚くなる。片づけても片づけても、すぐに散らかす。まるでずっと鬼ごっこをしているみたいだ。掃除をするのは家政婦の役目だけど、『ものはあったところにしまいましょう』くらい言ってもいいと思った。

家事を終え、風呂に入ってさっぱりしたあとは、ベッドでごろごろしながら雑誌を読んでいた。パジャマはもこもこした可愛いルームウェア。おととい仕事が早く終わったので、近くの商業施設に立ち寄ってゲットしたものだ。

高校のジャージは、クローゼットの奥深くに封印した。また注意される前に自粛しておいたのだ。

椿さんは二十三時過ぎに【遅くなるから先に寝ていろ】と連絡をくれたけど、帰ってきたら『ただいま』って出迎えてあげたい。もしかしたら、夜食を作ってほしいと思っているかもしれないし。

雑誌を読み終わったあと、スマホのアプリで遊んだりテレビを見たりしているうちに、日付が変わってしまった。眠い目をこすりながら、椿さんの帰りを待つ。さすがに遅いな……と心配し始めていた時、ドアのロックが解除される音がした。

飼い主を待っている犬のように、すぐさま反応して玄関にダッシュする。

「おかえりなさい、椿さ……」

「ただい……ま……」

椿さんは家に入るやいなや、その場に座り込み、そのまま寝ようとする。どうやら相当酔っ払っているらしい。

「椿さん、こんなところで寝ちゃダメですよ」

「ああ……そうだ、な」

よろよろと立ち上がる椿さんを咄嗟に支えて、ゆっくりとリビングまで誘導する。こんなになるまで飲むなんて、どんな接待だったのだろう。

「ふう、ありがとな」

なんとかソファに座らせて、冷蔵庫からミネラルウォーターのペットボトルを持ってくる。

「椿さん、とりあえずお水を飲んでください」

彼はソファに座ったまま目を閉じていた。すやすやと寝息も聞こえてくる。

「嘘、寝てる……？」

そばを離れたのは数十秒ほどだったのに、そのわずかな時間で眠りについてしまった。こんな場所で寝たら、暖かくなってきたとはいえ風邪をひいてしまう。

「椿さん、起きてください」

肩を揺らして起こそうとするも、なかなか瞼は開かない。顔を真っ赤にして、身体中からお酒の臭いを漂わせている。

「こんなところで寝ちゃダメです。風邪ひきますよ？　起きてください！」

酒臭さを我慢しながら、何度も酔っ払いを起こそうとした。……しかし、完全に私の負け。起こすことは諦めて、せめて毛布をかけてあげようと思った。

椿さんの部屋から毛布を持ってきて、肩までかける。ふと、ネクタイが苦しそうに見えたので外すことにした。

「あれ、取れない……」

椿さんのそばに座り、両手で外そうとするもうまくいかない。よく考えたら、そもそもネクタイの結び方を知らなかった。でも、なんとかして緩めることだけでもできないだろうか。

身を乗り出して、椿さんの首元に手を回す。どうにかしてネクタイを緩めようと必死で、自分がどんな体勢を取っているかなんて気にしていなかった。

「……お前、何してる」

突然、椿さんに手首をつかまれた。顔を上げると、椿さんはとろんとした目で私を見ていた。

「ネクタイを外そうと……」

「俺を、押し倒そうとしていたんじゃないのか？」

「えっ？」

椿さんに言われて、初めて自分の体勢に気がついた。ネクタイを取るために、彼の上に乗っかっていたのだ。至るところが椿さんの身体に密着している。

「わ、ごめんなさい！　すぐにどきま——」

「さすがの俺でも理性を失うぞ」

離れようとしたけれど、腰に手を回されて身動きが取れない。私の手首をつかんでいた大きくてごつごつした手は、腕をなぞるように上がっていく。そして、私の顔を優しく撫でながら囁く。

「酒に酔った男は皆狼になる。覚えておくんだな……」

ゆっくりと後頭部を引き寄せられ、顔が近づいていく。どうしよう、このままだとキスされてしまう！　力いっぱい抵抗しようと試みる。

それなのに、私は……自分だけ時間が止まってしまったみたいに、動くことができなかった。

思わず目をつぶり、その瞬間に備える。

本当に椿さんにキスされちゃうの？　どうしよう、これからどんな顔して会えばいいんだろう。胸の高鳴りが止まらない。心臓が破裂してしまいそうだよ……！

「……あれ？」

しばらく待っても、何も起こらない。不思議に思って目を開けると、そこには椿さんの寝顔があった。

身体をねじってみると、椿さんの両手は力なくソファの上に落ちた。

静かに彼から離れ、毛布を肩までかけたあと、逃げるようにリビングから飛び出す。

部屋に入るとすぐに布団を頭までかぶり、「椿さんのバカ‼」と叫んだ。

バカなのは私のほうだ。そんなことはわかっている。酔っ払った彼の行動に勝手に振り回されただけ。不用心に近寄った私が悪い。ちゃんとわかっているのに、心臓のバクバクが止まらなくて苦しい。

キスされなくてほっとしたようで、残念に思っているのが悔しい。椿さんに触れられて、嬉しかったって思ってしまう。

どうしてこんな気持ちになるのか。さすがに恋愛に疎い私でもわかる。

私は、椿さんのことが好きなのだ。

いつからかはわからない。一緒に暮らすようになってからなのか、借金取りに助けてもらった時からなのか。あるいは、初めて出会った面接の時からかもしれない。

同居生活一週間にして、私は椿さんへの恋心を自覚してしまった。


次の日。

今日は土曜日で休みなので、いつもより一時間遅い七時に起き、椿さんが買ってくれた部屋着に袖を通す。

キッチンに行ってご飯を作らないといけないのに、なかなか部屋から出る気になれない。

どんな顔で会えばいいんだろう。まあ、これといって何かされたわけではないのだけれど。

でも、ずっと部屋にいるわけにはいかないので、両手で顔をパチンと叩いて気合いを入れた。

「しっかりしろ、私」

鏡に映る自分に活を入れ、部屋をあとにした。

リビングに行くと、椿さんの姿はなかった。ちゃんと部屋に戻ったのだろうか？

洗濯機を回してからキッチンに入ると、シャワールームから水の音が聞こえた。

どうやら、椿さんはシャワーを浴びているらしい。

いつシャワールームから出てくるのかドキドキしながら朝食の支度をした。ちょうど作り終えた頃に、後ろのほうで扉の開く音がした。

「柏木、おはよう」

「お、おはようございます」

振り向くと、上半身裸の椿さんがいた。濡れた髪をタオルで拭きながら、冷蔵庫から水を取り出している。

椿さんの風呂上がりはいつもこの姿なので、さすがにもう驚かない。一瞬目をとめてしまうけど。

「昨日、毛布ありがとうな」

「どういたしまして」

椿さんはそれだけ言って、どこかへ行ってしまった。多分、部屋で着替えてくるのだろう。

十分後、服を着た椿さんは、何冊か雑誌を持って姿を現した。

「はあ、頭が痛いな」とつらそうに呟きながら。

「今朝はお粥（かゆ）にしましたよ。二日酔いでも食べられるかと思って」

「気が利くな、助かるよ」

「もう食べますか？」

「ああ」

お粥とお新香をテーブルに並べる。

「お前もお粥でいいのか？」

「はい。ヘルシーですし」

「合わせてもらって悪いな」

椿さんは申し訳なさそうに、顔の前で手を合わせる。

ご飯を食べながら、チラチラと椿さんの様子を窺う。少し顔色が悪いけど、それ以外はいつもと変わらない。

昨日、私にキスしようとしたことは覚えていないのだろうか。

「……昨日は迷惑かけたな」

「えっ？」

「ぼんやりとしか記憶になくてな」

ふう、と深いため息をついている。

もしかして、あのことを言っているのかな？　次にどんな言葉が飛び出すのだろう。

緊張しながら待っていると、椿さんは「あんな風に、誰かに介抱してもらったのは久しぶりだよ」とおかしそうに笑った。

「何度も起こしてくれてありがとうな」と続けて言われ、明らかにキスの話ではないことに気がつく。

この人、本当に何も覚えていないんだ。椿さんの一挙一動を気にしていたのがバカみたいだ。

酔っ払っていたから仕方ないとわかっていても、怒りが込み上げてくる。

「あの……ひと言言ってもいいですか？」

「なんだ？」

「持ってきたものは、ちゃんとあった場所に戻してください。例えばその雑誌、読んだらちゃんとしまってくださいよ」

テーブルに置かれたスポーツ雑誌に冷たい視線を送ると、椿さんの笑い声が聞こえた。彼が声を出して笑うのは珍しい。

「どうして笑うんですか？」

「母親みたいに口うるさいなって思って」

「それの何がおかしいんです？」

「いや、なんだか懐かしくてな、こういう感覚は久しぶりだ」

椿さんは目を細めて、どこか切なそうに笑った。

その瞬間、胸がきゅっと苦しくなって、それ以上の追及はできなかった。

「そういえば、弁護士が店に来てくれたと母さんが喜んでいました。ありがとうございます」

「それは何よりだ。商店街を潰そうとしている不動産会社は、ほかにも詐欺まがいのことをやっているらしくてな。警察も動きだしている。おそらく返済義務はなくなるだろう」

「何もかも、椿さんのおかげです」

座ったまま、彼に向かって深く頭を下げた。

「俺はまだ何もしていない。先週プロジェクトチームを立ち上げたばかりだからな。これからだよ」

椿さんなら、きっと商店街を盛り上げてくれる。学生時代から数々のプロジェクトを成功に導いてきた人だもの。副社長になった今でも、家で勉強をするほど仕事熱心だし、本当に頼りがいのある人だと思う。……私生活では、かなり世話の焼ける人だけど。

朝食を食べたあとも、椿さんはダイニングテーブルで雑誌を読んでいた。どうやら欧州のサッカーチームが好きらしい。直接試合を観に行ったこともあるそうだ。

私は洗濯物をサンルームに干し、各部屋の掃除をしてから昼食の準備をした。

昼食を終え、片づけをしてひと息ついたあとは、乾いた洗濯物をたたむ。たたんでいる途中にあることを思いつき、書斎にいる椿さんに声をかけた。

「椿さん、この家にアイロンってありますか？」

「あったような気がするが、クリーニングに出せばいいんじゃないか？」

「毎回出すとお金がかかりますし、アイロンくらいかけますよ」

「本当に母親みたいだな、お前は」

椿さんはくすっと笑った。

この前は妹みたいって言ってたのに、今日はやたら母親扱いする。椿さんはなぜか嬉しそうだから悪い気はしないけど、『いい奥さんになるな』くらい言ってくれてもいいのに。

やっぱり椿さんは、私のことを恋愛対象として見ていないんだ……。

わかっていたはずなのに、落ち込んでいる自分が情けない。

胸に針が刺さったような痛みを感じた。

抱きしめられた夜

　自分の気持ちに気づいてから約一週間が過ぎた。五月も中旬となり、春めいた季節は終わりを迎えている。

　気候は変わりつつあっても、椿さんとの生活は、これといって何も変わらない。

　木曜日の今日、珍しく椿さんが二十時前に帰宅した。時間に余裕があるからか、「一杯付き合え」と言われた。

　一緒にリビングのソファに座り、バラエティ番組を流し見しながら、チーズをおつまみにワインを嗜む。

「椿さん、家ではあまりお酒を飲まれませんよね」

「ああ。酒は好きだが、健康を気にして飲まないようにしている」

　まだ三十代前半なのに、もう身体のことを気にしているのか。健康診断で引っかかったことでもあるのだろうか。

「お酒といえば、明日は飲み会があるんです」

「マーケティング部のか？」

「いえ、人事部の中垣さん主催の新入社員懇親会です。最近忙しいので、部ではしばらくないですね」

「中垣か……」

椿さんは苦い顔をして、意味ありげに呟いた。

「中垣さんがどうかしましたか？」

「いや、なんでもない。今、マーケティング部は忙しいだろうな。有意義な報告会になることを期待している」

「皆、副社長をぎゃふんと言わせるために頑張っていますよ」

「俺はそう簡単に唸らないぞ」

椿さんはニヒルな笑みを浮かべる。どう見ても悪役だ。

「そうでしょうね……。それで、明日の夕食のおかずは冷蔵庫に入れておきますので、ちゃんと温めて食べてくださいね」

テレビを見ながら話していると、嫌な視線を感じて椿さんのほうを見た。

何か言いたげな表情をしている。

「どうしました？」

「電子レンジくらい、さすがに使えるぞ」

「そうですよね、すみません。つい過保護になっちゃって」

「……新入社員に子ども扱いされる〝鬼の副社長〟か。バレたら大変だな」

言葉とは裏腹に、椿さんは少し楽しそうだ。

「前から聞きたいと思っていたんですけど、どうして椿さんは部下に厳しいんですか？　鉄の掟まで作ったりして」

「ひと言で言えば会社のためだ。誰かが嫌われ役にならないと、すぐにたるんでしまうだろ。うちの場合は社長が穏やかな性格だから、俺が鬼にならないといけないんだ」

「好きで〝鬼の副社長〟をやっているわけではないということですか？」

「当たり前だ。わかっていると思うが、競争社会の中で常にトップにい続けることは実に難しいんだ。チームワークを大事にしながらも、社員ひとりひとりが責任を持って仕事に取り組む必要がある。人任せな人間がひとりでもいたら、すぐに崩壊してしまうからな」

いつになく熱い椿さんの口調に、圧倒されそうになる。

「そのために、職場に緊張感を持たせるんだ。だから俺は、あえて厳しいルールをしいてきた。そのルールを守ろうとすることで、責任感が生まれる。誰かに頼ることなく、自分で考えて動く人間になってほしいんだ。もちろん、個々の能力を信じているからこそできることだ」

　きっぱりと言いきる椿さんを見て、意地悪だから部下に厳しいのではないかと考えていた自分が恥ずかしくなった。母さんの言う通り、部下の成長を願ってやっていることなのだ。

「私、いつか椿さんの直属の部下になりたいです」

「俺は厳しいぞ」

「わかっています」

「物好きな奴だな。泣くことになっても、知らないぞ」

　椿さんは憎まれ口を叩きながらも、どこか嬉しそうだ。そんな彼を見て、改めてこの人が好きだな、と思った。

　椿さんは皆に誤解されている。本当は部下思いの優しい人だってわかってほしい、と思う反面、私だけの秘密にしておきたいとも思う。

　そもそも、椿さんと同居していることはふたりの秘密だから、誰にも言えないのだけれど。

　いつか、椿さんの気持ちが社員に伝わるといいな。

翌日の金曜日。

仕事が終わったあと、懇親会に向かうために同期の女性社員ふたりと電車に乗り、ふたつ隣の駅で降りた。

会社近くにも居酒屋はあるのに、なぜわざわざ離れた店を選んだのだろう。少し気になったけれど、質問するほどでもなかったので、静かに胸にしまった。

指定された店は、落ち着いた雰囲気の和風居酒屋だった。

店の人に奥の個室に案内される。

個室に入ると、人事の中垣さんと同期ふたりが、すでに席に着いていた。

今日は合計六人での懇親会だ。同期は約七十人いるけれど、懇親会は数回に分けて少人数で行われているらしい。中垣さん以外の人事担当者が幹事の時もあるようだ。

「お疲れさま、さあ奥に座ってよ」

「でも……」

中垣さんは、手前の通路側の席に座っている。本来なら、先輩が奥側に座るものだろう。

「今日は俺が幹事だからさ、気にしないで」

「ありがとうございます」

遠慮しようとしたけれど、結局三人とも奥の席に座った。

すでに来ていた同期たちは中垣さんの隣に座っている。

私は中垣さんの向かいに座った。

「最初は全員ビールでいいかなぁ？」

「はい、大丈夫です」

そう答えると、中垣さんは店員にビールを注文した。

「今日は飲み放題だから、あとは好きなのを頼んでね」

「ありがとうございます」とお礼を言うと、「そんなにかしこまらなくていいよ」と明るく返された。

「じゃあ、今日もお疲れさま。カンパーイ！」

「お疲れさまでした！」

中垣さんの声に合わせて、全員でグラスを合わせた。

「今日は、配属後の皆の状況をヒヤリングしたいと思っています。悩みがあったら、どんどん聞かせてほしいな。もちろん、部署の上司には内緒にしておくから」

にっこりと笑って話す中垣さんを見ると、こっちまで穏やかな気持ちになる。

「まずは、柏木さんから聞いちゃおうかな」

「えっ、私からですか？」

「うん、何かない？」

いきなり話を振られ、戸惑い(とまど)を隠せない。全員の視線が一度に集中して、何か話さなきゃと焦ってしまう。

「私は……マーケティング部に配属されましたが、先輩方は皆優しくて、特に不満はないです」

「そうなの？　担当の先輩って誰だっけ？」

「菅野さんです」

「ああ、あいつねー。仕事はデキるんだけど、ちょっと雑なところがあるよね」

なんて答えたらいいかわからなくて、愛想笑い(あいそ)をする。

「しかも、結構チャラいしね。柏木さん、気をつけたほうがいいよー」

「はあ……」

適当に返事をすると、中垣さんは私の隣に座っている女子に話を振っていた。

彼女は「残業が多い」という話をしていたけれど、私は上(うわ)の空だった。

この会は、人事が配属後の新入社員の悩みを聞いて、励ましてあげる会なんだと思っていた。それなのに、社員の悪口を言うなんてどういう神経をしているのだろう。

確かに菅野さんはノリが軽いけれど、いつも優しく教えてくれる。仕事が雑かどうかなんて、新入社員の私がわかるわけないし、知る必要もない情報だと思う。

いい印象しかなかった中垣さんの株は、少しだけ下がった。

そのあとも、中垣さんの否定的な発言は続いた。職場に不満を持っている新入社員に同調して、一緒に悪口を言っている始末だ。

ほかの同期はどう思っているかわからないけど、私は不快だった。せっかくのコース料理も、あまり味がしない。

最後のひとりに順番が回ってきた時は、ちょうど開始から一時間が過ぎていた。

「僕は、鉄の掟っていうのがどうも合わなくて」

同期の男性社員が口にしたのは、まさかの椿さんに対する文句だった。

中垣さんは、隣に座っている彼の背中をバンバン叩いて、嬉しそうにこう言った。

「その話を待ってたんだよー」

耳を疑った。それってつまり、副社長の悪口を言いたかったってこと……？

「鉄の掟ってさ、意味わかんないと思わない？　今時古くさいよね。新撰組（しんせんぐみ）気取りかっつーの」

「僕もそう思いました。これは立派なパワハラだと思いますし」

「だよね、一歩間違えればブラック企業じゃない？」

バカにするように笑う中垣さんと、それに同調する男性社員。

ほかの皆は、黙ってふたりの様子を窺っていた。

「皆も黙ってないで文句言っていいんだよ。そのために会社から離れた場所を選んだんだし」

そういうことだったのか。会社の近くだと愚痴をこぼしにくいから……。

これは一体なんのための会なのだろう。ただの悪口大会……？

「実はさ、俺、副社長とはそりが合わないんだよね。もっと部下には優しく、柔軟に対応しないとダメだよ。押さえつけるようなマネジメント方法は古くさいよね！」

「そうですよね。僕は、中垣さんみたいな人が副社長だったらいいと思います」

「ありがとう。そう言ってくれるのは君だけだよぉ」

大げさに泣くフリをしてみせる、中垣さん。

ついにほかの同期たちも、「私もそう思います」と賛同し始める。

私は、ずっと黙っていた。湧き上がる怒りを鎮めようと、ひとり戦っていた。

中垣さんは何もわかっていない。椿さんがどんな気持ちで、部下に厳しくしているのかを。本当は社員ひとりひとりの力を信じているということを。

少なくとも、新入社員の前で先輩社員の悪口を平気で言う人よりは、副社長にふさわしいと思う。

無神経な人事と、何もわかっていない新入社員が椿さんの悪口を言っている。

こんな場所に、もういたくない。

「本当に、あの鬼は会社っていうものを何もわかってないよねー」

「そんなことはありません！」

我慢の限界だった。好きな人をこれ以上侮辱されたくない。本当は黙って、相槌を打つべきなのに、どうしてもそれができなかった。

「副社長は、部下のことを思って、あえて厳しくしているんだと思います！」

勢いに任せて話してしまったあとで、中垣さんや同期たちがきょとんとしていることに気づく。

「美緒ちゃん、どうしたの……？」

隣の女性社員が、心配そうに私の背中に手を当てた。

「ごめんなさい、つい……」

さっきまで盛り上がっていたのに、私のひと言でぶち壊してしまった。居心地が悪くなり、下を向いて箸置きをじっと見つめる。

「新入社員のくせに、あの副社長の何を知っているの？」

鼻で笑うような話し方で質問される。どうやら私は、中垣さんの機嫌を損ねさせてしまったらしい。

「それは、あまり知りませんけど……副社長まで昇りつめた人が、理由なく厳しくしないと思います」

「何夢見てんの？　あの人はね、ただ王様気分を味わいたいだけだよ。へこへこ従う部下を嘲り笑ってんの」

プチッと何かが切れた音がした。

もう、本当に我慢できない。反論せずにはいられなかった。

「副社長はそんな人ではありません！　そんな理由で嫌われ役になる人がどこにいるんですか？　中垣さんは、もっと会社のトップを信じるべきですよ！」

中垣さんの目をまっすぐに見据えて、はっきりと伝えた。

それと同時に、バッグの中から財布を取り出し、会費の三千円を叩きつけるように置いて立ち上がる。

「場を乱して申し訳ありません。私は予定があるので、この辺で失礼します！」

素早く一礼して、戸惑う視線を背中に受けながら、店をあとにした。店から出て、すぐにタクシーを拾う。

マンションの住所を伝えると、運転手から「大丈夫ですか？」と聞かれた。そこで初めて、自分が涙を流していたことに気づく。

いつから流れていたのだろう。きっと、中垣さんや同期にも見られていたに違いない。変に思われて、何か疑われてしまうかもしれない。

……でも、今はそんなことはどうでもよかった。

ネオンの煌めきをぼんやり眺めながら、涙が自然に乾いてくれるのを待った。


十分後、マンションの前でタクシーを降りた。

二十一時前。椿さんは大体二十二時過ぎに帰ってくるので、多分まだいないだろう。いつもは寂しいけど、今日に限っては好都合だ。平静を装って話す自信がないから。

エレベーターで三十八階まで上がり、ドアのロックを外すと、リビングには明かりが灯っていた。嘘、もう帰ってきてる……？

パンプスを脱いで静かに廊下を歩き、そっと扉を開けると――。

ダイニングテーブルで、私が作ったおかずを食べている椿さんがいた。

「おかえり。思ったより早かったな」

彼はいったん箸を置いて、こちらを向いた。

「椿さん……」

乾いたばっかりなのに、再び涙が頬を伝う。

絶対に理由を聞かれるから、泣いてはいけない。椿さんの悪口に怒って飛び出してきたなんて、言えるわけがない。

わかっているのに、椿さんの顔を見たら涙が止まらなくなってしまった。

「柏木、どうした……？」

椿さんの心配そうな声を聞くと、余計につらくなる。

涙を見られたくなくて下を向いた。椅子を引いて立ち上がる音が聞こえる。椿さんがこっちに来てくれるのがわかるけど、なんて答えたらいいかわからない。

「何かあったのか？」

心配そうな声を聞いて、ますます涙が溢れてくる。

椿さんはこんなにも優しい。私を何度も助けてくれた。私だけじゃない、商店街全体を守ってくれようとしている。

皆が思っているような、機械人間じゃない。仕事を憂鬱に感じたり、つい飲みすぎたりするような普通の人なのに。

「……悔しい。誰も、わかってくれない……」

「えっ？」

「椿さんは皆のことを思っているのに……私じゃ伝えられない……本当は、すごく優しいのに……」

子どもみたいに泣きじゃくってしまう。

きっと、椿さんは困っている。

どうしてリビングに来てしまったのだろう。まず部屋に入って、心を鎮めればよかった。

今からでもそうすればいいのに、足が動かない。

「柏木、お前は……俺のために泣いてくれているんだな？」

ふわっと、身体中に温もりが伝わる。

いつも使っている柔軟剤の香りで、椿さんに抱きしめられているのだと気がつく。

「ありがとう」

頭を優しく撫でられて、胸がいっぱいになった。

好きという気持ちが溢れて、涙に変わる。

「俺はどう思われてたっていいんだ。だからもう、泣かないでくれ。涙がもったいないだろ？」

優しく、子どもをあやすような話し方が、嬉しくて。逞しい胸板に顔をうずめて、背中に手を回した。

今だけは、きつく抱きしめさせてください。椿さんの体温を、感じさせてください。

心の中で、そう何度も呟いていた。

変わる態度

椿さんはソファまでエスコートしてくれた。

いつもは斜めに座るけれど、今日は寄り添うように隣に座った。

普段より距離が近いから緊張する。少し前のことを思い出すと、余計に……。

彼が淹れてくれたコーヒーを飲みながら、懇親会であったことを話した。

椿さんにとって面白くない内容なのは明らかだから、話してもいいのか迷ったけれど、泣いてしまった以上隠すこともできない。

「軽く受け流せばいいのに。バカだな」

バカという言葉が褒め言葉に聞こえるのは、同時に頭を撫でられたからだろうか。

「だって……許せなかったから」

「気持ちは嬉しいが、先輩社員に突っかかったらお前の印象が悪くなるだろう。次からは聞き流せばいい」

「はい……」

私が落ち着いてきた頃を見計らって、椿さんは
「そんなことがあったのか」

「……わかりました」

納得はしていないけど、彼の言う通りだと思ったので、渋々頷いた。

「まあ、本音を言うと、俺も中垣とはそりが合わないと思っている」

「そうなんですか？」

「そりが合わないというか、あいつには少々問題があってな」

椿さんは話しながら顔をしかめている。

「問題？」

「相談に乗るフリをして、女性新入社員に手を出しているという噂がある。……既婚者ということを隠して」

身体に電流が走るくらいの衝撃を覚えた。

人事部という、新入社員から最も頼りにされる立場にいる人が、そんなことをしているなんて。ますます中垣さんのことを軽蔑する。

「どうして、そんな人が人事部にいるんですか⁉」

怒りを露わにしていると、椿さんに「落ち着け」とまた頭を撫でられた。嬉しいけれど、なんだか照れくさい。

「あいつは専務のお気に入りでな。上に取り入るセンスだけはあるらしい。証拠を揃えて問いただそうと思ってはいるのだが、忙しくて時間が取れないんだ。……もしかしたら、中垣はそれに気づいているのかもしれない」

「だから、椿さんの悪い評判を広めているんですかね？」

「わからん。まあ俺は中垣だけじゃなく、みんなに嫌われているけどな」

冗談っぽく話しているけれど、心なしか寂しそうに見えた。

「私は、鬼の副社長を信じています」

「熱烈なファンがいてくれて嬉しいよ。とにかく、あいつとはふたりきりにならないように。まあ、生意気な新入社員に手を出すほど、アホではないと思うが」

「生意気だったのは否定しません……」

人事部は六階、マーケティング部は二十五階でフロアが違うから、顔を合わせる機会は少ないと思う。でも、全くないわけではないから不安だ。

一応謝罪しておいたほうがいいかもしれないけど、どうしても無理。悪い噂を聞けばなおさらだ。中垣さんや同期から悪く思われても、かまわないとさえ思った。


翌週の月曜日。

出社してパソコンを開いたが、中垣さんから特に連絡はなかった。文句のメールが届いていたりして、と思ったけれど、杞憂だったらしい。

同期の女の子たちからは土日に【大丈夫？】と連絡が届いた。お礼の返事とともに、私が帰ったあとのことを尋ねた。

しばらく重い雰囲気だったけれど、中垣さんが場を盛り上げてくれたらしい。特に私のことは悪く言っていなかったようだ。本音はわからないけれど、ちょっと安心。

けれども、さすがに同期とは顔を合わせづらく、お昼は「忙しい」と嘘をついてデスクで食べることにした。

「あれ、カッシー今日はここで食べるの？」

隣の席では、菅野さんがカップラーメンを食べていた。中垣さんの彼への悪口を思い出して、少し胸が痛い。

「はい、同期の都合が悪くて」

菅野さんには、また違った嘘をつく。大した嘘ではないけれど、罪悪感を覚えた。

「そうなんだ。っていうか、お弁当作ってきてるの？　家庭的だねー」

「ただの残り物ですよ」

「いいなあ、俺もカッシーの手作り弁当食べたいなぁ……」

「では、明日多めに持ってきますよ。一緒に食べましょう」

菅野さんのお願いを了承したら、彼はガッツポーズをして喜んでいた。いくらなんでも大げさだと思う。

「本当にいいの？　ありがとー！」

「いえいえ、日頃のお礼です」

できるだけ気を遣わせないようにっこり笑ってみせた。

実際、菅野さんには毎日お世話になっているから、お礼をしたいとは思っていた。中垣さんから裏でボロクソに言われていたこともあって、余計に親切にしてあげたくなった。

今日は夕食を多めに作って、明日タッパーに入れて持っていくことにしよう。

仕事が終わったあと、いつものようにスーパーに寄り、普段より多めに材料を買って家に帰った。菅野さん分の食費は、自分のお金から出すことにした。

その日の夜、余ったおかずをタッパーに詰めていると、風呂場に向かう途中の椿さんに話しかけられた。

「今日はやけに多く作ったんだな」

「はい。実は明日、職場に持っていくんですよ」

「差し入れか。……誰にあげるんだ？」

「え？　グループの先輩にですけど、どうかしましたか？」

どうしてそんなことを聞くのだろう。何か気になることでもあるのかな？　と思ったけど、椿さんはいつもと変わらない様子だし、きっと話を膨らませようとしただけだろう。

「いや、別に。そういえば、明日は報告会だったな」

「そうですね。私は今回ちょっとしたお手伝いしかしていませんが、先輩方は毎日必死で準備されてきているので、お手柔らかにお願いします」

「それはでき次第だ」

ニヤリとして、椿さんは風呂に向かった。

不敵に笑う姿は、勇者を待ちかまえる魔王にも見えた。

皆一生懸命頑張っているから、少しは認めてもらえると嬉しい。菅野さんはうちのグループのプレゼンターだし、この差し入れで元気づけられたらいいな、とも思う。

「うわあ、カッシー超美味いよ。本当にありがとう。午後からのプレゼン頑張るよぉ」

「……喜んでもらえて何よりです」

翌日の昼休み、菅野さんはよっぽど嬉しかったのか、半泣きで弁当を食べていた。褒めてもらえて嬉しいけれど、涙を流すほどだろうか？　予想外の反応に少し引いてしまう自分がいた。

顔に出さないように、笑顔を作って答える。

椿さんに褒めてもらうとすごく嬉しいのに。この気持ちの差はやっぱり、椿さんのことが好きだからだろうか。

そんな彼とも、午後には報告会で顔を合わせられる。

普段の会社生活では、副社長やほかの執行役員と会う機会はほとんどない。その理由は彼らが執行役員フロアから出ることが少ないかららしい。ちなみに執行役員フロアは四十三階から四十五階にあり、専務以上の部屋があるそうだ。

緊張している先輩方には悪いけれど、椿さんの働いている姿が見られる報告会が楽しみだ。


大会議室で行われた報告会は、二時間以上にも及んだ。

社長、副社長をはじめとする執行役員が勢揃いしていて、独特の重々しい雰囲気に圧倒された。

ただ報告を聞くだけの私がこうなんだから、菅野さんやほかのプレゼンターはもっと緊張していただろう。

息を呑んで見守っていたけれど、菅野さんは堂々とプレゼンを行っていた。

さすがは頼りがいのある私の先輩だ。中垣さんは仕事が雑だって言っていたけれど、全然そんなことはない。あらかじめ想定される質問内容を考えていたから、執行役員の質問にも流暢に答えていた。

副社長は時々頷きながら、真剣な面持ちでプレゼンを聞いていた。

報告会が終わったあと、部長や同僚たちは菅野さんを囲み、労っていた。

「菅野くん、素晴らしかったよ」

「いえ、僕は代表して報告しただけですよ」

部長の褒め言葉にも、菅野さんは謙遜して返している。

この様子を中垣さんにも見せてやりたいと思った。

パソコンとプロジェクターを片づけて余った資料を回収していると、菅野さんが輪から抜けてそばにやってきた。

「カッシー、お疲れさま。手伝うよ」

「大丈夫ですよ、私はこのくらいしかできないですから」

「そんなことないよ。俺のプレゼンが成功したのは、カッシーの弁当のおかげだから」

菅野さんはガッツポーズをしている。

「菅野さん、大げさです」

「ほんとほんと。カッシーは、いいお嫁さんになれるよ」

調子がいいなと思いつつも嬉しかった。にっこり笑いかけると、菅野さんも嬉しそうに笑っていた。

ふたりで荷物を持って部署に戻ろうとしていると、どこからか視線を感じて、キョロキョロと辺りを見渡した。

すると、すごく怖い形相でこちらを見ている椿さんとバッチリ目が合った。

あれ、何か怒ってる……？　といっても、やらかした覚えはない。

思い過ごしだろう、と気楽に考えて、大会議室をあとにした。


その日の夜、副社長は二十一時過ぎに帰宅した。

朝は『今日は早く帰る』と話していたのに、定時後に【遅くなる】とひと言連絡が来ていた。緊急の案件でも発生したのだろうか。

「おかえりなさい」と玄関でお迎えすると、ぶすっとした表情で「ただいま」と言われた。

あれ？　やっぱり怒ってる……？　それか、お腹が減って機嫌が悪いのかな？

「すぐにご飯をよそいますね」

慌ててキッチンに向かうも、椿さんから反応はない。

ご飯を食べる時に、どうかしたのか聞いてみようと考えていると、椿さんが紙袋を持ってこちらにやってきた。

「……これを買ってきた」

押しつけるように紙袋を渡されたので、受け取って中身を確認する。

紙袋の中にはお弁当箱がふたつ入っていた。男性用と女性用でお揃いのデザインだ。

「どうしたんですか？」

「明日から弁当も頼む。お前のもついでに買ってきた」

頭の中はハテナだらけだった。最初に確認した時は、弁当はいらないと言っていたのに。

「でも、外出が多いし、社長にからかわれるからって前に……」

「車内で食べれば問題ない。社長はどうでもいい」

「どうでもいいって、そんな」

「とにかく、お前は俺の飯のことだけ考えていればいいんだ！」

突然強い口調で返されたので、びっくりして飛び跳ねそうになった。

椿さん自身も驚いたのか、目を丸くしている。

「椿さん……どうかしましたか？」

「いや、別に、なんでもない……。悪いが、先にシャワーを浴びてくる」

「わかりました」

椿さんは着替えを用意せず、スーツ姿のままシャワー室に行ってしまった。バスタオルは脱衣所にあるけれど、それ以外は何もない。

急いで椿さんの部屋に行って着替えを用意し、シャワーを浴びている間に脱衣所に置いておいた。

いつもと様子が違う彼に、少し動揺してしまう。

突然弁当を用意しろだなんて、何かあったのだろうか。全く見当がつかないけれど、私は彼の家政婦だ。求められればそれに応えるだけ。

十五分ほど経ち、椿さんがシャワー室から出てきた。

「待たせたな」

「いえ、早速ご飯にしましょう」

「ああ」

　風呂上がりの椿さんはいつもと変わらない様子だったから、あまり気にとめずに、穏やかな夜を過ごした。


　その二週間後の六月初旬の水曜日、仕事終わりに、あるセレクトショップを訪れていた。会社のある駅から、電車で二十分ほどのところだ。

「美緒さん、久しぶり」

「葵衣くん！　元気にしてた？」

　なぜこの店に来たかというと、葵衣くんがアルバイトをしているからだ。

　先週くらいから夏のように汗ばむ気候になり、夏服が欲しいと考えていた時に、ふと葵衣くんのことを思い出した。彼が選んでくれた服は私好みだったし、いいものが置いてあるかもしれないと考えたのだ。

【葵衣くんのお店で夏服を見たいんだけど、場所を教えてくれる？】と連絡をすると、すぐに返事が来た。場所の連絡に加えて、【今夜はシフトが入っているから、予定がなかったらおいでよ】とも書かれていた。

椿さんの帰りは二十二時以降になると聞いているし、少し寄り道しても平気だろう。給料日も迎えたことだし、思い立ったが吉日、すぐに向かうことにした。

予想通り、セレクトショップには、私好みのナチュラルテイストな服がたくさん置いてあった。レディースだけでなく、メンズも揃っている。種類は少ないけれど、オフィスカジュアルな服も置いてあり、私服と両方買えそうだ。

「可愛い服がたくさんあって、迷っちゃうなぁ」

「そうでしょー？　僕も一緒に選んであげるよ」

「ありがとう」

平日の夜だからか、お客さんはほとんどいなかった。思う存分、葵衣くんとおしゃべりしながら服を見ることができた。

葵衣くんは久しぶりに会ってもやっぱり可愛くて、女同士で買い物に来ている気分になる。

「今日は学校帰りに来たの？」

「うん、もう講義はほとんどないんだけど、卒業制作のためにね」

「卒業制作？　葵衣くんって何学部なの？」

「ああ、言ってなかったっけ？　僕、美大に通っているんだよ」

葵衣くんは飄々と答える。

てっきり、一般的な大学に通っていると思っていた。多少驚いたけれど、葵衣くんはセンスがいいし、美大生という言葉がしっくりくる。

「何を専攻しているの？」

「油絵だよ。実は、画家になるのが夢なんだ」

「そうなんだ！　すごいね。夢が叶うといいね」

こういう話をするのが照れくさいのか、葵衣くんはくすぐったそうに笑っている。

「ありがとう。……考えてみれば、僕と美緒さんは似た者同士かも」

「似た者同士？」

「うん。お兄ちゃんにお礼したいって頑張ってるところが」

どういう意味なのか、よく理解できなかった。

そんな私に気がついたのか、葵衣くんは再び口を開いた。

「僕、早くプロの画家になって、お兄ちゃんに恩返ししたいんだ。すごくお世話になってきたから」

彼と初めて会った時も、同じようなことを言っていた。あの時も不思議に思ったけど、どうして家族なのに『お世話になっている』という言い方をするのだろう？

踏み込んで質問していいのか迷ったけれど、思いきって聞いてみることにした。

「ねえ、どうして――」

「あ、そうだ。美緒さん、夜ご飯一緒にどう？　近くにお気に入りのカフェがあるんだけど」

わざと発言をかぶせてきたような気がする。あまり話したくないのかもしれない。

無理に詮索することもできず、私は新しい話題に乗っかることにした。

「お誘いは嬉しいけど、椿さんが帰る前にご飯を作らないと」

「それなら気にしないで。お兄ちゃんに美緒さんが店に来ていることと、夜ご飯に誘うってこと伝えておいたから」

ウインクをする葵衣くんはなんだか色っぽくて、見ているだけで照れてしまった。

「ええ、そうなの？　椿さんはなんて？」

「そういえば、返事をまだ見てなかった。ちょっと待ってね」

葵衣くんはズボンのポケットからスマホを取り出し、チャットアプリを開いた。

「えっ、嘘でしょ……」

彼は、目を見開いて驚いている。

「どうしたの？」

「あのね、お兄ちゃんも……」

葵衣くんが何か言いかけた時、自動扉の開く音がした。

「……来るっていうか、来たし」

葵衣くんは、入口に目をやりながら呟いた。

「へ？」

入口のほうを向くと、この店には似合わないスーツ姿の男性が目に入った。背が高くてモデルのように手足が長い彼は、私たちを見つけるとまっすぐに歩いてくる。

「お兄ちゃん、どうしたの？」

「『どうしたの？』って、弟に会いに来たんだよ」

「わざわざ電車に乗ってきたの？　会社から結構距離あるでしょ？」

「いや、タクシーだ」

私はまだ状況を理解できていない。黙ってイケメン兄弟の会話を聞きながら、椿さんからの連絡内容を思い出す。

確か、今日は二十二時以降に帰る、って言ってなかったっけ……？

「今まで、平日に、しかもタクシーに乗って会いに来てくれたことなんてあった？」

葵衣くんは、ぽかんと口を開けている。

「なかったかな、多分」

「多分じゃなくて、絶対ないよ」

「別にいいだろ、そういう気分だったんだから」

葵衣くんは、私と椿さんを交互に見ている。顎に手を当てているこのポーズは、何か考え事をしている証だ。

難しい表情をしていたかと思いきや、ぱっと顔が明るくなる。

「ああ、そういうことかあ！」

「葵衣くん、どうしたの？」

「ううん、なんでもない」

葵衣くんは、なぜか嬉しそうだった。

反対に、椿さんは居心地が悪そうで、何回か咳払いをしていた。

「これから食事に行くんだろう？　俺が奢ってやる」

「ううん、大丈夫。……そういえば、大学でいろいろ課題出されて大変なんだ。だから、ふたりで帰って」

「ええ⁉　そうなの？」

せっかく葵衣くんとゆっくり話せると思ったのに。さっきは彼から食事に誘ってきたのに、どういう風の吹き回しだろう。大学も講義はほとんどないって言ってたのに。

もしかして、ふたりきりで話したいことでもあったのかな？

「美緒さん、もしかして何もわかってないの？」

「何を？」

葵衣くんは椿さんを指差すと、ニヤリと笑って口を開いた。

「お兄ちゃんはね、美緒さんを――」

「では、俺たちはそろそろ帰るとするか。仕事の邪魔をしてもいけないだろう」

椿さんの声が大きすぎて、葵衣くんの声はものの見事にかき消された。気になって
『葵衣くん、もう一度言って』と伝えようとした時、急に椿さんに手をつかまれた。

「帰るぞ」

「つ、椿さん？」

椿さんは私の手を引いて、店の入口まで歩いていく。強引だけど、手を握る力は優しく、ゆっくりと歩いてくれる。

この行動の意味はよくわからないけれど、私の前を歩く椿さんはただただカッコよかった。

「ふたりとも、またねー」

「うん、バイトお疲れさま！」

ブンブンと手を振る葵衣くんに、笑顔で挨拶をして店を出た。

すぐにタクシーを捕まえて、ふたりで乗り込む。なぜか、手は繋がれたままだ。

私としては、好きな人と手を繋げて嬉しいんだけど、なぜこうなったのかわからなくて戸惑ってしまう。

タクシーのクーラーは寒いくらい効いているというのに、手に汗をかき始めた。

「あ、あの、この手は……」

「嫌か？」

椿さんの顔は、まっすぐに前を向いたままだ。

「え？　えっと、嫌では……」

本音は嫌じゃないけど、それを言ってしまうと、まるで『好きだ』と告白しているみたいになってしまう。

うまく言葉が出なくてもごもごとしていると、椿さんが口を開いた。

「どうして葵衣に会いに行ったんだ？」

「会いに行ったというより、服を探しに行きました。前に買ってもらった部屋着が気に入っているので、夏服も欲しいなって……」

「それだけか?」

私のほうを見た彼の瞳は、懸命に心を探ろうとしているようだった。

「はい」

「……ならいい」

きゅっと、椿さんの手に力が込められた。その瞬間、恋する気持ちが爆発しそうになる。

どうして、そんなことを聞くの? どうして、ずっと私の手を握っているの? どうして、忙しいのにタクシーに乗って葵衣くんの店に来たの? もしかして、私のことが気になって、会いに来てくれたの?

聞きたいことはたくさんあるのに、何も言えなかった。自惚れという魔法が、解けてしまうことが怖かったから。

結局、家に入るまで、ふたりの手は繋がれたままだった。

脅迫、そして……

その日の夜はとても幸せな夢を見た。椿さんに『好きだ』と伝えられ、口づけをされる夢。

手を繋いで帰ったからって、こんな夢を見てしまうとは……私の頭の中はお花畑なのかもしれない。


木曜日の朝、椿さんと顔を合わせるのが恥ずかしかった。前日の出来事に夢が加わって、変に意識してしまったのかもしれない。

葵衣くんの店で買った服を着て、家を出る。今日はいつもよりも気分がいい。朝から湿度が高くてむわっとしていたが、それほど気にならなかった。

そんな幸せな気分は、会社のパソコンに届いていたメールを開いた瞬間、シャボン玉が割れた時のように儚(はかな)く消えてしまった。

【先日の懇親会では、気分を損なわせてしまったようでごめんなさい。そのお詫びをしたいんだけど、明日の定時後は空いていますか？　椿副社長のことで話があるので、前向きに検討をお願いします。

追伸　君のためにも副社長のためにも、断らないほうがいいよ。副社長に、このことは言わないでね　中垣】

メールを読み終えたあと、恐怖で身体が震えた。

副社長のことで話があるって、どういう意味？　一番気になるのは、追伸の部分。断ったら何をされるのだろうか？　もしかして私と椿さんの関係を知っているの？全く想像できないから、なおさら恐怖をかき立てられる。懇親会の時と同じで、文脈から『断るな』という無言の圧力が読み取れる。震える指先に力を込め、了承の旨を伝えた。

ショックが大きくて、そのあとは全く仕事に集中できなかった。何度も小さなミスをして、菅野さんにも苦笑いをされる始末だった。

家に帰っても家事をする気が起きない。椿さんが帰宅するまでに、ご飯だけは作らないと。無理やり手を動かしてなんとか間に合わせる。彼に悟られないよう、精一杯の笑顔で迎えた。

「――ぎ、聞いているか？」

「あっ！　すみません。なんの話でしたっけ？」

中垣さんのメールが頭から離れなくて、食事中なのに上の空になってしまった。

「今日のお前、何か変だぞ。いつもより味噌汁の味も濃いし……何かあったのか？」

椿さんは不思議そうに私を見つめている。

ちゃんと味見をしたにもかかわらず、味付けの分量を間違えたことに気づかなかった。自分でも重症だと呆れてしまう。

椿さんにまで心配をかけてしまって、家政婦失格だ。

「少し疲れぎみなのかもしれません」

「そういう時は無理しなくていいからな。そうだ、明日は定時に切り上げるから、美味しいものでも食べに行かないか」

本当なら『行きます』ってふたつ返事で答えたいところだ。珍しく椿さんの帰りが早いのに、中垣さんのせいで断るしかない。

「……ごめんなさい。明日は部署の飲み会があるんです。この前の、報告会の打ち上げで」

そんな打ち上げなんてないのに……嘘をつくのが後ろめたくて、椿さんの顔を見ることができなかった。

これまで、同期や菅野さんに小さな嘘をついてきた。そのたびに罪悪感を覚えたけど、今ほどではない。

好きな人に嘘をつくのが一番つらい。けれど、本当のことは言えない。口止めされているというのもあるけど、椿さんに『中垣とふたりきりになるな』と言われているからだ。

「……飲み会楽しんでこい。帰りが遅くなるようならタクシーを使え。タクシーが嫌なら、近くまで迎えに行ってやる」

「いえ、そんなの申し訳ないですよ」

「いいんだ。お前が無事に帰ってくるほうが大事だ。あと、どこにいるのか必ず連絡するように」

「わかりました。今日は子ども扱いするんですね？　この前は母親だったのに」

ものはあった場所に片づけるよう注意した時に、『母親みたいに口うるさい』と言われたことを思い出し、からかうように言ってみると、椿さんは歯を見せて笑った。

「時々、口うるさい子どもだ」

「もう、失礼ですね」

向かい合って、くだらない話をしながら笑い合うこの時間が、たまらなく愛おしい。

一緒に過ごせば過ごすほど、彼への想いは増していく。椿さんにはずっと笑顔でいてほしい。守りたい。

中垣さんは、この人に何かしようとしている。それを止められるのは、きっと呼び出された私だけだ。会いに行くのは憂鬱だし、怖いけれど、ピンチをチャンスに変えられるように頑張ろう。

同居のことは話せないけど、実家を助けられて感謝している事実は伝えてもいいはずだ。中垣さんに、椿さんのことを理解してもらおう。そう前向きに考えると、少しだけ心が軽くなった。

そして翌日になり、約束の時間はやってきた。

中垣さんが指定した場所は、懇親会の時と同じく、会社からふたつ隣の駅周辺にあった。

店は入り組んだ場所にあり、少し迷ってしまった。待ち合わせ時間ギリギリに到着すると、店の入口に中垣さんの姿を見つける。彼を目にした瞬間、無意識に後ずさりをしていた。

本能が『この人に近づくな』と言っているような気がする。

嫌だな、ふたりきりで話したくない。できることならこのまま帰りたい。

私に気づかなければいいのに、と思ってしまうほど、中垣さんに嫌悪感を抱くようになってしまった。

「お、柏木さん、お疲れさまー」

「お疲れさまです……」

私に気がついた中垣さんは、にこっと笑って、小さく手を振ってきた。

笑った顔はちょっとあどけなくて、純粋そうな好青年に見える。それなのに不倫をしているなんて……。

「早速入ろうか」

「……はい」

一定の距離を空けつつ、中垣さんの背中に続いた。

「ここはバーですか?」

「うん。こういうところ、来たことないんじゃないかと思ってね」

中垣さんが選んだ店は、カウンターと少数のテーブルが並ぶ隠れ家的なバーだった。カウンター内の棚にはお酒の瓶が所狭しと並んでいる。

中垣さんがカウンター席に座ったので、私はその隣に座り、バッグは空いている椅子に置いた。

「ジントニックを」

　中垣さんは慣れた感じで注文する。

「かしこまりました」

「柏木さんはなんにする？　カクテルならなんでも大丈夫だよ」

「えっと、それじゃあ、カシスオレンジで」

「かしこまりました」

　頭に思い浮かんだカクテルはこれしかなかった。オシャレなバーで注文したことがなくて緊張したけど、無事に頼めたようで安心した。

　ほっとしたのはそれだけではない。バーカウンターに座ったということは、おそらく中垣さんに長居する気がなさそうだと思ったからだ。

　ジャズが流れ、煙草とは違った匂いが充満する大人の世界。

　胸が躍る素敵な場所にいるのに、早く家に帰りたくて仕方がなかった。

「先日は、生意気な発言をして申し訳ありませんでした」

　ふたりの前にカクテルが並んだと同時に、小さく頭を下げた。

「いや、こちらこそせっかくの懇親会だったのに、気分を悪くさせてごめんね。とりあえず、仲直りの印に乾杯しよう」

「……わかりました」

本当は謝りたくないいし、仲直りなんてしたくもないけれど、本音よりも建前を優先した。

入社して二ヵ月、私も少しは社会人らしくなったのかもしれない。

ふたりともグラスを持って、カチンと音を鳴らす。

ひと口飲んだだけで、甘酸っぱい香りが口いっぱいに広がった。

「それで、副社長に関するお話とはなんでしょうか」

「もう本題に行っちゃうの？　もっとお酒を味わいながら、ゆっくり話そうよ」

「……いえ、早く聞きたいので」

横並びに座っているせいでやたらと距離が近い。少しでも身体を動かせば、肩が触れてしまいそうだ。

中垣さんは、身体全体を私に向けている。

私は向かい合うことができなくて、まっすぐ前を見たままだ。

「前々から地味な子って思っていたけど、ほんとにつまんないねえ」

刺のある言葉を、まるで世間話をするかのようにさらりと口にした。

余りにも陽気な話し方で、一瞬何を言われたのかわからなかった。

「……中垣さんにどう思われようが、かまいません。早く話を聞かせてください」

「わかったよ。その前にひとつ質問していいかな？」

「なんでしょうか」

「懇親会の帰りさ、タクシーに乗ってどこへ行ったの？」

「……え？」

思わず、中垣さんの顔を見つめると、彼の瞳が怪しく光ったように感じた。

「あの時ね、一応君を追いかけたんだよ。そしたらタクシーに乗る姿を見つけてね。すぐ近くに家があるならわかるよ？　でもさあ、柏木さんの家って結構遠いんじゃない？　何度か駅と反対方向から歩いてくるのも見かけたよ」

「どうして、家の場所を知っているんですか……？」

つい中垣さんを怪訝な目で見てしまう。

「そんなの当たり前じゃん。俺、人事だよ？　社員の個人情報を調べるくらい簡単さ」

悪びれた様子もなく、薄ら笑いを浮かべて話す。

こんな人が、人事だなんて信じられない。私的な理由で個人情報を調べるとは、職権濫用(らんよう)にもほどがある。

でも今はそれよりも、中垣さんが何を言おうとしているかが気になる。昨日のメールの書き方にも違和感があったけど、まさか私が椿さんの家に住んでいるって、気づかれてる……？

「それでね、君の情報を見て知ったんだけど、君を採用したのってあの副社長なんだよね？」

「ええ、まあ」

どうしてそんなことを聞かれたのかわからず口ごもる。

「それを知って謎が解けちゃったんだよね。なぜ社員の大半から嫌われている副社長を、新入社員ふぜいが泣きながら庇うのか。実家から遠い場所のはずなのに、タクシーで帰ったのか」

すべてを察しているかのような、不敵な笑みを浮かべている。

続きを聞くのが怖くて、唾をごくりと飲んだ。

「君、副社長に枕をして内定勝ち取ったんじゃない？　つまり、君は副社長のセフレなんだ」

「……え？」

「あの日も、タクシーで副社長の家に行って、身体で慰めてもらったんじゃない？

肉体関係を持っているうちに、本気で好きになっちゃったんでしょ。女って、心と身体が繋がってるっていうしね」

得意げに推理を披露(ひろう)しているけれど、かすりもしていない。

ダメ探偵すぎてしらけてしまう。どういう思考回路を持っているのか教えてほしいくらいだ。

「全く違います。でたらめなことを言わないでください」

私は、ぶっきらぼうに返す。

なんて失礼な人なんだろう。椿さんや私のことをそんな風に見ているなんて、信じられない。

「嫌だな、推測だけで呼び出したりしないよ」

「えっ?」

「ちゃんと、証拠だってあるんだ。……ほらね」

中垣さんは、ワイシャツの胸ポケットからスマホを取り出すと、私に見えるように画面を向けた。彼のスマホには、手を繋いでマンションに入る私と椿さんが写っている。この間、葵衣くんの店からタクシーで一緒に帰ってきた時だ……。

一気に血の気が引いていく。

どうして、中垣さんがこんな写真を持っているのだろうか。まさか、私たちを疑って、見張っていたというの？

それに、なんでそこまでして証拠をつかもうとしているのか理解できない。

「仲良くおてて繋いで、マンションに入って。これでも男女の関係じゃないって言えるの？」

中垣さんは、いやらしい目つきで私を見ている。

「それは……」

違うのに、どうやって否定すればいいのかわからない。

こんな勘違いをされるなら、いっそ真実を伝えたほうが楽なのかもしれない。でも、私の判断で話してもいいのだろうか。彼が納得するような話を作り上げるのが一番だろうけど、うまく頭が回らない。

黙り込む私を、中垣さんは鼻で笑った。

「いるよね、何度か関係を持っただけで勘違いしちゃう子。副社長クラスの人間が、君のような庶民を相手にするわけないのに。ある意味、君は被害者かもしれないね」

「……勝手なことを言わないでください」

「俺が何か間違っているなら、ちゃんと教えてよ。ふたりの本当の関係を」

どう答えたらいいかわからず、黙り続ける私。

「何も言わないってことは、やっぱりイケナイ関係なんだね。皆びっくりするだろうなぁ。あの鬼の副社長が、就活生に肉体関係を迫って、見返りとしてコネ入社させていたと知ったら」

「それは絶対に違います！」

反論しても、中垣さんの心には届かない。それもそのはずだ。否定するだけで、何も説明できていないのだから。

中垣さんは、私と椿さんのツーショット写真を、いつまでもニヤニヤ笑いながら見ている。

この人、本当に気持ち悪い。

中垣さんの手が私の太ももの上に置かれて、さらに背筋が凍った。

「や、やめてください！」

両手で中垣さんの手をどかそうとしても、男性の力には敵わない。クロップドパンツの上から、いやらしい手つきで太ももを撫で回される。

「俺はこの写真を専務に報告することも、社内に一斉メールで送信することもできるんだよ。でも、もし柏木さんが誠意を見せるなら……考えてあげてもいいかな」

「誠意って……」

「そんなの、子どもじゃないんだからわかるでしょ？」

中垣さんはせせら笑うと、急に顔を耳元に近づけてきた。そして、わざと耳に息を吹きかけたあと、「このあと、ホテルに行こう」と囁いた。

ゾクッとした。背中を反らして、中垣さんから距離を取ろうとしたけれど、肩に手を回されて身動きが取れない。

「どうしてこんなことをするんですか？　どうせ、私がホテルに行っても写真は消さないんでしょう？」

「簡単だよ。俺は、副社長のものを奪ってやりたいんだ。こそこそ俺のことを嗅ぎ回っている、あの男がうざったくて仕方ないんだよ！」

中垣さんの顔はどんどん歪(ゆが)んでいく。悪魔のように不気味に笑っている。

「この写真を消すかどうかだって？　確かに消さないかもね。でも、君が俺を満足させてくれたら気が変わるかもしれないよ」

「そんな……」

「ねえ、どうする？　行くの？　行かないの？」

肩に回していた手が、ゆっくりと下がっていく。服の上からブラジャーをなぞるように触れられる。寒気がして、全身に鳥肌が立った。

一体どうしたらいいの？　本当のことを話してわかってもらう？　でも、話したところで事実をねじ曲げて広められるかもしれない。専務にうまいことを言って、椿さんを副社長の座から追いやろうとするかもしれない。

私が身体を許せば、本当にあの写真を消してくれるのだろうか。

椿さんのことを守りたい。その一心でこの場所にやってきた。でも、結局私は無力で、選択肢を選ぶことさえできない。

きゅっと目をつぶって、『お願い、誰か助けて』と心の中で強く叫んだ。

誰かって、ひとりしかいない。私がいつも会いたくて求めている人は、この地球上でたったひとりなんだ。

「そこまでだ」

耳慣れた声が辺りに響き渡る。この声はまさか……。

借金取りに連れていかれそうになった時もそうだった。彼に助けてもらいたくて、彼を求めすぎて、空耳なのかと思った。でも……。

「これ以上、汚い手で俺の女に触れるな」

声のほうを振り返ると、すぐそばに椿さんがいた。息を切らして、焦った表情で。

私に触れていた中垣さんの手首をつかみ、乱暴に放す。

中垣さんは、驚いて目を白黒させている。

どうして、椿さんがここにいるのだろう。わからないことだらけだけど、彼の顔を一目見ただけで安心して、ぽろぽろと涙がこぼれた。

「どうして副社長がここに……！」

中垣さんは明らかにたじろいでいた。

「お前は知らないだろうが、人事部長と執行役員は、全社員のメールを閲覧できるんだ。昨日、彼女の様子がおかしかったから、お前たちのメールを見させてもらった」

「閲覧権限を私欲のために使うなんて、職権濫用ですよ」

ムキになって反論する中垣さんを見て、椿さんは鼻で笑う。

「お前にだけは言われたくないな。まあ、ここを女性社員の口説き場に使っていたことは、すでにリサーチ済みだったが」

中垣さんと言い合いながら、椿さんは私の背中を優しく撫でた。

『落ち着け、もう大丈夫だ』と言われているようで、ますます涙が止まらない。

「就活生を誘惑して、コネ入社させた人よりはましですよ」

中垣さんは鼻で笑う。

「柏木を採用したのは、彼女の中に光るものを見つけたからだ。……その光が強すぎて、俺が彼女の虜になってしまったのは事実だが」

「……はあ？　まさか、本気で付き合ってるっていうんですか？」

「ああ。柏木は俺の大切な恋人だ。誠実に愛を育んでいるが、何か問題でも？」

椿さんの言葉ひとつひとつがチョコレートのように甘く、その場しのぎの嘘だとわかっていても嬉しい。こんな状況だというのに、照れてしまい、顔が熱くなる。

中垣さんは「いや、特に……」と、気まずそうに作り笑いを浮かべながら答えた。

さすがの彼も椿さんに圧倒されているようだ。さっきまでの勢いはどこに行ってしまったのだろうか。

「では、俺たちはもう帰らせてもらう。……ああそうだ、お前に渡しておきたいものがある」

「俺に、ですか？」

椿さんはスーツの内ポケットから、茶封筒を出した。

受け取って中身を確認した途端、中垣さんの顔が青ざめる。

「お前は人事という立場を利用して、何人もの若手女性社員をもてあそんできた。そのうち数名から事情を聞いている。お前に誘われたという証拠も残っている。……それを専務に、いやお前の自宅に送ったらどうなるだろうな？」

椿さんの声は、心まで凍ってしまいそうなほどに冷たい。

「……俺をクビにするんですか？　鉄の掟には、『不倫するな』なんて書いてなかったですよ？」

中垣さんは、鉄の掟をバカにするかのように鼻で笑う。

「そんなもの、書くまでもないだろう。安心しろ、お前を追いつめるようなことはしない。心を入れ換えて業務をまっとうし、かつ柏木の脅迫に使ったものを今すぐ消せばな」

椿さんの中垣さんを見下ろす目は、まさに〝鬼〟のようだった。まるで汚いものを見ているような、人を蔑(さげす)んでいる目。

椿さんは本当に怒っているんだと確信した。

「わ、わかりました。今すぐ消します！」

中垣さんは私たちに見えるように、ツーショット写真を削除した。慌てているのかスマホを持つ手は震え、簡単な操作のはずなのに何度も間違えていた。

「よかろう。では、引き続き業務に励むように。……柏木、帰るぞ」

「は、はい！」

椿さんは私のバッグを持ち、もう片方の手で私の手を握って店を出た。

あまり知らない夜の街。金曜日だからか人が多く、かき分けながら前に進む。

この前繋いだ時よりも、椿さんの手は熱い。安心したからか、涙が止まっていたことに気づく。

「椿さん、バッグありがとうございます。自分で持ちますよ」

「気にするな。今日は持ってやる」

ふと、椿さんが通勤用のカバンを持っていないことに気がついた。最初息を切らしていたから、急いで駆けつけてくれたのかな、と考えてしまう。

「今からどこへ……?」

「夜風に当たりたい気分なんだ。少し歩いてもいいか?」

「はい」

あの店から離れるにつれて、歩く速度もゆっくりになった。

飲食店街を抜けると、人気(ひとけ)のない道に出る。私たちはしばらく無言だった。車の走る音が、沈黙をごまかしてくれている気がした。

「柏木」

ひと駅分ほどの距離を歩いた頃、椿さんは道の途中で足を止めた。

「……はい」

私の手を引きながら半歩ほど前を歩いていた彼は、振り返って私と顔を合わせる。

彼の瞳は、切なそうに揺れている。

初めて見る表情に、目も心も奪われた。

「定時後マーケティング部に行ったが、お前以外はまだ皆仕事をしていた。同じ会社にいるんだ。嘘はすぐにバレる。……もう二度と、俺に隠し事をするな」

「はい。昨日は嘘をついて、ごめんなさい……」

後ろめたくて、椿さんの顔をまともに見ることができない。

「わかってくれたなら、もういいんだ」

私はただ、椿さんを守りたかった。でも結局私のせいで、また迷惑をかけてしまった。もう乾いたはずなのに、目に涙がたまっていく。

「私が中垣さんと会わなければ、こんなことにはならなかったのに。椿さんに嘘までつかせてしまって……変な噂がたったらどうしよう……」

「嘘って、お前を俺の女だと言ったことか？」

こくりと頷くと、椿さんは突然私の手を強く引いた。

気がついた時には、すでに彼の腕の中にいた。

どうして急に抱きしめられたの……？

わけがわからないまま、椿さんの胸に顔をうずめる。

「嘘が嫌なら、本当のことにしてしまおうか」

「本当のことに、ですか？」

「ああ。本音を言うと、俺はお前を独占したいんだ」

「えっ……？」

椿さんは腕の力を緩め、少しだけ身体を離した。

慈しむような瞳で私を見つめ、指で涙を拭ってくれる。

『お前を独占したい』って、どういうこと……？　言葉通りに受け取っていいの？

「お前には、俺のためだけに飯を作ってほしい。ほかの男とふたりきりで会ってほしくない。できることなら、俺のことを好きになってほしい。……そう思っている」

「本当……ですか？」

こんな時に嘘なんて言うわけがない。わかっているのに、信じられなくて。

だって、私は恋愛対象から外れていると思っていたから。

嬉しくて胸がいっぱいになる。ふわふわするような、不思議な感覚が身体中を駆け巡る。

「ああ。柏木のことが好きだ。俺は嫉妬深くて独占欲が強い、どうしようもない男だが……こんな俺のことを、受け入れてくれないか？」

どうしよう、夢みたい。大好きな人が、私のことを好きだって言ってくれている。これ以上に幸せなことってあるの？

「私も椿さんのことが好きです。だから、受け入れるも何も……嬉しすぎて、どうかなっちゃいそうです」

今できる一番の笑顔で答えた。

椿さんは、ほっとしたように笑っている。そして、私の顔に手を添えて、ゆっくりと顔を近づける。

私は目をつぶって、最高に甘い瞬間を待った。そっと椿さんの唇が触れる。柔らかい感触を唇全体で味わう。お互いの唇を軽く重ねるだけのキスだったのに、身体がとろけてしまいそうだ。

「この続きは、家に帰ってからな」

「こ、この続きって！」

「早くしたいから、さっさとタクシーを捕まえるか」

意地悪な微笑みになぜかドキッとしてしまう。この人、絶対に私が焦ってるって気づいてる。

「いえ、せっかくなので、このまま歩きましょう！」

椿さんの手を取って、無理やり歩き始める。

「……たまにはそれもいいな」

今度は穏やかに笑う。意地悪なのか優しいのか。本当に複雑な人だ。……でも、そういうところが好き。

キスの続きが何かくらい、恋愛経験の少ない私にもわかる。副社長とそういう関係になるのが嫌というわけじゃない。むしろ嬉しいのだけれど、まだこの状況に頭が追いついていない。

だからせめて、この帰り道の途中に心の準備をしたいのだ。

とびきり甘い夜に向けて。

最高の選択を

もうひとりの兄弟

短時間で精一杯心を落ち着かせ、椿さんに自分のすべてをさらけ出す覚悟をした。

それなのに……。

「俺は、なんてことを……」

「いい加減、元気になってくださいよ」

すべての努力は無駄になったと、帰宅したあとで知る。

椿さんは家に着くやいなや、ソファに座ってうなだれている。

どうやら、椿さんは歩いているうちに冷静になり、『恩人の娘に手を出さない』というマイルールを思い出したらしい。

「交際の了承も得ていないのに、手を出してしまうなんて。恩を仇で返したも同然だ」

「いくらなんでも大げさですよ。うちの親はそんなに細かいことを気にしませんし」

椿さんを慰めつつも、実際に父さんが知ったら怒るんだろうなと、内心では思っていた。そもそも、椿さんの家に住んでいることすら秘密にしているし。

椿さんのおかげで商店街がテレビで取り上げられ、活気が出てきたと母さんは喜んでいた。各店舗の負債に関しても裁判中で、勝訴はほぼ確定らしい。

つまり、椿さんは商店街にとって救世主なんだけど、それでも父さんは簡単に交際を認めてくれない気がする。

というのも、頑固親父だし、ひとり娘だからと私を過保護に育ててきたから、何かと理由をつけて反対しそうだ。でも、椿さんにはこれ以上落ち込んでほしくないから、余計なことは言わないでおいた。

「柏木、俺は決めたぞ。ご両親に挨拶するまで、お前に手を出さない」

決意表明をした椿さんは、なぜか誇らしげだった。

「ふーん、そうですか……。今日のご飯はおにぎりでいいですか？」

手を出さないと言われた瞬間、なぜか家事をする気力が一気になくなった。

「いや、もう遅いし作るのも面倒だろう。たまにはピザでも取ろう」

自分でもよくわからないけど、イライラする。今夜のことを少し期待して、心の準備をしていたからだろうか。

ピザをネットで注文したあと、私はあえてダイニングテーブルの席に座った。

「どうした？　こっちに座ればいいのに」

「……なんとなく」

失礼と思いつつも、ソファに座る椿さんのほうを見て話すことができない。

「何を拗ねているのか知らないが、早くこっちに来い」

「わかりました」

そっけなく言ってしまったけど、呼ばれて嬉しい気持ちはあった。恋心はなんて複雑で面倒なのだろう。

いつものように彼の右斜め向かいに座ろうとすると、「違うだろ、ここだよ」と、椿さんは自身の膝を指差した。

「か、からかうのはやめてください！」

椿さんが変なことを言うせいで、顔が火照ってしまった。

「俺は本気だ。早く抱きしめさせろ」

言葉の通り、椿さんの表情は至って真剣だ。

「さっき手を出さないって言ってたじゃないですか！」

「このくらい許容範囲だろう?」

つまり、椿さんの考えは、『キス以上のことはしない』ということか。

私はてっきり、『身体に触れることすらしない』という意味だと思っていた。どっちの考えが正しいとかはないけれど、とにかく膝の上に座るのはハードルが高すぎる。

「は、恥ずかしくて無理です」

「……可愛い奴だな」

椿さんは目を細めると、まだ立ったままの私の腕をつかんで強く引き寄せた。

「きゃっ」

バランスを崩して倒れそうになる私を、椿さんは身体で受け止めた。

「あんまり可愛いと、いじめたくなる」

言葉とは裏腹に、椿さんの口調はとても優しい。

でも、こういうシチュエーションに慣れていない私は、つい可愛くないことを口走ってしまう。

「つ、椿さんのドS！」

「褒め言葉だな」

ぎゅっと抱きしめられ、少しだけ呼吸が苦しい。でも、全く嫌じゃない。

「抱きしめていると、キスしたくなるな。好きな人と暮らしているのに手が出せないなんて、なんの拷問だ……」

自分で決めたことなのに、ため息交じりに呟く椿さん。

抱きしめられているから、彼がどんな表情をしているかわからない。

「椿さんが決めたことですよ?」

　自分でもなんで冷たく言ってしまうのかわからない。椿さんの言う通り、拗ねているのかな。

「厳しいな。柏木はどう思う?」

「私ですか? 私は……一回キスしてしまったら、一回も百回も変わらないと思いますけど」

　話したあとで、もしかして大胆なことを言ってしまったのでは……と焦る。軽い女だと思われたらどうしよう。

「あっ、いや、えっと……わかりやすく言うと、してしまった事実は消せないわけで、その……」

　言葉に詰まりながらも、必死に弁解しようとした。

　椿さんは私の発言を、どんな風に受け取っているのだろう。軽蔑した目で見られてないといいけど……。

「ほう、つまりお前はこう言いたいんだな?」

「え?」

「軽いキスまでならしてもいい、と」

私自身、気づいていなかった本当の気持ちを言い当てられたと感じた。そうでなければ、耳まで熱を持ったりしないだろう。

私は、椿さんにキスしてほしい、もっと触れてほしいと思ってるんだ。自分がこんな下心を持っていたなんて、夢にも思わなかった。

「では、お言葉に甘えて」

椿さんは私の身体を起こすと、すぐに唇を重ねてきた。

「んっ……」

何度も何度も、唇を軽く重ねるだけのキスなのに。どうしてこんなにも気持ちよくて、心が満たされるの？

「……大人のキスは、もう少しお預けだな」

彼の熱を帯びた瞳と色っぽい声に、のぼせてしまいそうになる。

「はい……」

これだけのことで全身の力が抜けて、椿さんにもたれかかってしまった。

両想いになってからの生活はとても甘く穏やかで、最高に幸せを感じるものだった。

椿さんは毎日私を抱きしめて、想いを伝えてくれる。たくさんキスもしてくれた。

思わず会社でにやけてしまうほど、愛の詰まった日々だった。

私たちの噂がたたないか心配だったけれど、中垣さんは誰にも話していないようだ。

彼よりも、椿さんのほうが一枚も二枚も上手だったのだろう。

不倫の証拠をつかまれたあとの中垣さんは、バラされるのが怖いのか、以前よりも一生懸命仕事に励んでいるらしい。

根に持たれて、また何かされるんじゃないかって不安だったけれど、椿さん曰く『あいつは小物だから大丈夫』ということだ。

私は椿さんの言葉を信じて、仕事と家事に邁進する日々を過ごした。

そんな私たちの生活は、あるひとりの来訪者によって危機を迎えたのだった。

六月最後の週末、私と椿さんは、リビングで旅行のパンフレットを吟味していた。

梅雨真っ只中で今日もしとしとと雨が降っているけれど、気持ちは晴れやかだ。

大好きな人と、当たり前のように一緒に過ごせる幸せ。

先日、旅行に誘われてからは余計に浮かれている。

「俺はやっぱり、露天風呂付きの部屋に泊まりたい」

「でも、一泊当たりの値段、すごいことになってますよ？」

椿さんにとっては大した金額ではないだろうけど、わざと難癖をつけてみる。

なぜなら、椿さんは私と一緒に温泉に入ろうと目論（もくろ）んでいるからだ。

「どんなに高くてもいい。お前と好きな時に、好きなだけ入れるのなら」

この旅行前に、父さんと母さんに会いに行って、交際を了承してもらうと張りきっている。

「一緒に入るなんて、絶対無理です！」

これだけは譲（ゆず）らないぞという気持ちを伝えるため、眉間に力を入れる。

「どうしてだ？」

「どうしてって……言わないとわかりませんか？」

椿さんはいたずらっぽく笑って「ああ、さっぱりな」と答える。

本当はわかっているくせに、わざわざ言わせようとするなんて意地悪だ。まあ、そんなところも、好きなのだから仕方ない。

「そりゃあ、裸を見られるのが恥ずかしいからで――」

ぼそぼそと理由を話していた時、部屋に来客を知らせるチャイムが響き渡った。

「私、出てきますね」

「頼む」

インターホンのカメラで確認すると、ひとりの男性が立っていた。

私服姿で、宅配などの業者ではなさそうだ。

とりあえず受話器を取って「はい」と答えると、男性はしばらく沈黙していた。もしかして、部屋を間違えたのだろうか。

『すみません、椿の部屋で合っていますか?』

「はい、そうですが」

『それならよかった。私は隆弘の兄の浩介です。中に入れてもらえるかな』

「お、お兄さんですか?」

驚いて大きな声を出すと、椿さんがすぐにやってきてカメラを確認した。

「兄さんか、上がってくれ」

私に代わって椿さんが答え、ロック解除ボタンを押した。

「なんなんだ? 連絡もなくやってくるなんて」

口調がいつもより荒くなっている。椿さんがこんな風に怒るのは珍しい。相手が兄だからだろうか。

「私、急いで片づけますね」

「悪いな。あと、お前のことも紹介したいから、ここにいてくれ」

「わかりました」

『紹介』という言葉を聞いて心が跳ねた。

恋人として紹介してくれるってことだよね？　家政婦として、ではないよね？

どちらにせよ緊張する。身支度を整える時間がないのが悔やまれた。

ほどなくして玄関のインターホンが鳴った。椿さんがお兄さんを迎え入れる。

「兄さん、来るならひと言連絡してくれよ」

「先週何度か電話したけど、出なかったろ」

「……そうだった。仕事中で気づかなくて、そのまま忘れていた」

廊下からふたりの話し声が聞こえる。最初、椿さんは面倒くさそうに話していたけれど、着信があったことを思い出してからはどこかバツが悪そうだ。

「お前は本当に、適当なところがあるよな。……あれ、思ったより綺麗にしているじゃないか」

椿さんとともに部屋に入ってきた男性は、椿さんより少し背が低く、爽やかな雰囲気の人だった。

確か椿さんよりも三歳年上らしいけど、椿さんよりも若く見える。そして、ふたりの顔はよく似ている。

「彼女がいつも掃除してくれてるんだ」

椿さんがキッチンに立ってコーヒーの準備をしている私を指差したので、私はペコリと頭を下げて、お兄さんに挨拶をする。

「柏木美緒と申します。はじめまして」

「はじめまして。いつも弟の世話をしてくれてありがとう」

「そんな、お世話だなんて……」

お兄さんの言葉と満面の笑顔が私にはもったいなくて、何度も手を横に振った。

そこにいるだけで周りの人を明るくさせるような人だと思った。学校や会社にいたら、ムードメーカー的な存在なんだろうな。

お兄さんも、椿さんも、葵衣くんも、皆イケメン。遺伝子レベルが高すぎる！

「とても可愛い人だね。見た感じ、まだ若そうだけど……歳はいくつなの？」

「二十三歳です」

「二十三？　葵衣と変わらないじゃないか！　隆弘、お前まさか、ロリ……」

お兄さんは、大げさじゃないかと思うくらいに驚いている。

「兄さん、どうでもいいことを言ってないで、ソファに座ってくれ」

椿さんはやれやれといった感じで、軽く受け流している。

「あ、うん」

お兄さんは、椿さんの右斜め向かい側、つまり私がいつも座っている席に着いた。

ふたりのやり取りは、見ていてちょっと面白い。

椿さんのほうが年下なのに、しっかりしているように見える。

お兄さんを軽くあしらう新しい椿さんを見られたのが嬉しくて、思わず頬が緩む。

コーヒーをテーブルに置くと、屈託のない笑顔でお礼を言われた。眩しすぎて目がチカチカする。

会釈をして下がろうとすると、お兄さんに「君も一緒にいて」と言われ、椿さんの隣に座った。

「それで、何か用があって来たんだろう?」

十分ほど世間話をしたあと、椿さんが切り出した。

「ああ。実は隆弘に頼みたいことがあってね」

お兄さんの顔色が変わる。まるで太陽が雲に覆われて見えなくなったみたいに。

「頼みたいこと?」

「単刀直入に話す。実家に戻ってきてほしいんだ」

椿さんはしばらく黙っていた。というより、驚いて声が出ないように見える。彼にとって実家に帰るということは、何か特別な意味があるのだろうか。

「……兄さん、俺たちの約束を忘れてはいないよな？」

急に、椿さんの声のトーンが落ちた。

「もちろん。そのうえで話をしている」

「まさか、親父か母さんに何かあったのか？」

「察しがいいね。その通りだよ。実は、親父は……末期ガンなんだ」

椿さんのお父さんが末期ガンだなんて……会ったことのない私でさえ、雷に打たれたような衝撃を受けている。

椿さんはもっとショックを受けているだろう。

彼の気持ちを考えると気の毒で、顔を見ることができなかった。

「そうか……」

「親父はすっかり弱気になっちゃってね。ベッドに横になって消え入りそうな声でこう呟いたんだ。俺の夢は〝息子たち〟と一緒に働くことだった、って」

「親父の夢か……」

「俺は親父の夢を叶えてあげたいんだ。勝手なことを言っているのは百も承知だよ。隆弘、帰ってきてくれ」

　お兄さんは訴えるような目で椿さんを見つめる。

「でも、そんなことをすれば、葵衣をひとりにさせてしまう」

　どうして、ここで葵衣くんの名前が出てくるのか不思議だった。でも、口を挟めるわけもなく、黙ってふたりの会話を聞いていた。

　家族の大事な話なのに、お兄さんはなぜ私を同席させたのだろう。

「葵衣のことは、ちゃんとフォローするよ」

「そんな簡単なことじゃないだろう？　……ごめん、兄さん。少し時間をくれないか」

　椿さんは額に手を当ててうなだれている。お兄さんの話を聞いて、さすがに動揺しているようだ。

「もちろん、そのつもりだよ。ただ、あまり時間がないことも忘れないでくれ。医者からは、余命一年だと言われているから」

「わかった。また連絡するよ」

「待ってるよ。美緒ちゃん、突然押しかけて、暗い話をしちゃってごめんね」

　私はただいただけなのに、お兄さんは申し訳なさそうに謝ってくれた。

「いえ、とんでもないです」

　お兄さんはもう一度「ごめんね」と呟くと、冷めたコーヒーを飲みきって席を立つ。

用件を伝え終えたお兄さんを見送って、再びリビングに戻る。

まるで嵐が去っていったかのように、お兄さんは衝撃的な爪痕を残していった。


椿さんはしばらくうつむいて、何かを考えているようだった。

お兄さんの頼みは、椿さんに家業を手伝ってほしいということ。つまり、今の生活を捨てろっていうことだよね？

椿さんからは、葵衣くん以外の家族の話をあまり聞いたことがない。だから、彼の実家がどこにあるのかも知らない。

もし椿さんが実家に帰ってしまったら、この家はどうなるんだろう。もう一緒には住めなくなってしまうんだろうな。遠距離恋愛になったらどうしよう……。

考えれば考えるほど不安になる。

でも、私より椿さんのほうが不安に決まってる。実のお父さんが、末期ガンで余命一年と宣告されているのだから。

少しでも元気づけてあげたくて、椿さんの隣に寄り添うように座った。

「……励まそうとしているのか？」

「ただ椿さんの隣にいたいだけです」

「そうか。お前は本当に、最高の彼女だよ」

椿さんはほっとしたように笑った。

私の存在が彼の安らぎになっている気がして、嬉しかった。

椿さんの肩に頭を乗せると、彼は私の肩に手を回した。

肩から腕を優しくさすられて、心が落ち着く。

「椿さん」

そのままの姿勢で、前を向いたまま話す。

「どうした？」

「ご家族のこと、聞いてもいいですか……？」

もしかしたら、拒絶されるかもしれないけれど。

私は椿さんのことをもっと知りたかった。

「ああ、もちろんだ。お前が知りたいことはなんでも教えるよ」

椿さんの声はとても優しくて、なぜか泣きそうになった。

私は身体を起こして、椿さんと膝を突き合わせるように座り直した。

椿さんは一拍置いて、家族について話してくれた。

「俺の田舎は、ここから車で一時間半ほどの、自然に囲まれたいい場所にある。親父は建築関係の会社を営んでいて、従業員は三百人程度だが、地元ではわりと名が知られている会社だと思う。親父と母さんはお見合いで知り合い、結婚して兄さんと俺が生まれた。両親はお互い想い合っていて、幸せそうだった。少なくとも、子どもの俺にはそう見えた」

「そう〝見えた〟……？」

「俺が中学二年の時、親父が突然小さな男の子を連れてきた。『事故で亡くなった友人の子どもで、養子にしたい』と言ってな。不審に思った母さんは、親父の身辺調査をした。その結果、親父の愛人の子どもだということがわかったんだ。その子どもが……葵衣だ」

　椿さんは所々で言葉を詰まらせていた。あまり思い出したくない話なんだと思う。

「そんなことが……。葵衣くんのお母さんは……？」

　椿さんはさらに表情を曇らせる。

「病気で亡くなったそうだ。だから、身よりのない葵衣を放っておけなかったんだろうが……。親父の嘘がバレた瞬間、家族は崩壊した。両親の喧嘩が絶えなくなったんだ。毎晩、俺たちが寝ている頃になると、言い争う声が聞こえてな。兄さんは俺たちの気を紛らわせようと、一生懸命に楽しい話をしてくれたよ」

椿さんのお母さんは、お父さんの秘密を知っても離婚を選ばなかったけど、家は常に険悪な雰囲気だったらしい。

「葵衣は幼いながらも、ずっと自分を責めていた。家族がギクシャクしてしまったのは、自分のせいだと。次第に心を閉ざすようになり、誰ともしゃべらず、本ばかり読んでいた。でもある時ふと『絵本を描く人になりたい』と呟いたんだ。俺はこんな環境でも夢を持って生きている葵衣に感動して、心から応援したいと思った」

椿さんは話すのがつらそうだった。

葵衣くんだけでなく、お兄さんや椿さんも、すごく苦しかったんだと思う。

椿さんのこんなに暗い声を聞いたのは、初めてだった。

私も聞いていて胸が張り裂けそうになった。葵衣くんのことは、まだどこか信じられないでいる。

あんなに天真爛漫で明るい彼が、そんな子ども時代を送っていたなんて。

「俺は兄さんと納得いくまで話し合った。兄さんは、両親を支えて会社を継ぐ。俺は、大学進学と同時に、弟を連れて家を出ると決めたんだ。親父に伝えたらひどく怒られたよ。親父は俺にも地元に残ってほしいと思っていたらしくてな。『お前が家を出ていくのなら一切仕送りもしない』と言われて、一方的に縁を切られたよ。ただ葵衣を連れていくことだけは何も言わなかった。ほっとしたんだろうな。そんな親父の態度を見て、決断してよかったと改めて感じたよ」

「だから……大学時代はお金がなかったんですか？」

「ああ。大学は奨学金で通っていたが、バイトだけでは家計が苦しくてな。親父に見つからないように、母さんが時々仕送りをしてくれていたけど。葵衣優先に生活していたから、俺は食うものにも困っていた時期があって……その時、助けてくれたのがお前のご両親だ。あの時食べさせてくれた飯の味は、今でも忘れない」

椿さんと一緒に生活するようになって、時々あった違和感。葵衣くんの言葉の意味。すべて繋がって見えた真実は、とても哀しいものだった。

「俺は親父を許すことはできないが、嫌いにはなれない。親父の最後の夢を叶えてやりたい気もするが、葵衣のことが気がかりなんだ。俺が実家に帰れば、葵衣は孤独を感じるかもしれない。また殻に閉じこもってしまったらと思うと……」

椿さんは迷っているようだった。家族のことだから無理もない。彼の『嫌いにはなれない』という言葉が胸に重く響いた。いろんなことがあったけど、ずっとお父さんのことを大切に思っていたんだと思う。けれど、葵衣くんを守るために、つらい決断をしなければならなかったんだ。

「会社については改めて話し合うことにして、まずはお父さんに会いに行ってみてはいかがですか？　とても喜ばれると思います」

私が椿さんに言えるのはこれだけだった。彼はきっと誰かに背中を押してもらいたいんだと思う。できるだけ明るく、椿さんが思いつめないように伝えた。

「そうだな。このまま会わずに終わってしまったら後悔しそうだ。早速来週行ってくるよ。……旅行は申し訳ないが、保留にしてもらえるか？」

「旅行なら、いつでも行けますよ！」

椿さんに気にしてほしくなくて、できるだけ明るい声で答えた。

「ありがとう」

椿さんはお礼を言うと、私を強く抱きしめた。

私は慰めるように、彼の背中をずっとさすっていた。

翌週の土曜日。今日も雨が降っている。

いつもより空がどんよりと暗く感じられるのは、気持ちが沈んでいるからだろうか。

「では行ってくる。戸締まりには気をつけるように。今日の夜か、明日には帰るから」

「わかりました。椿さんも気をつけてくださいね」

「ああ。少しの間だが、寂しくさせてごめんな」

椿さんは旅行バッグを片手に、車で実家へと向かった。外に出る前に、見送る私に優しいキスをしてくれた。

いつもなら、キスを一回するだけで、幸せが満ち溢れるのに。今日は胸がきゅっと苦しくなって、なぜか泣きそうになる。

嫌な予感がするのは、気のせいだろうか。


椿さんが出発してから三時間が経った頃、スマホに着信があった。たまにメッセージのやり取りはするけれど、電話をかけてきたのは葵衣くんだった。たまにメッセージのやり取りはするけれど、電話は初めてだ。

珍しいことが起こると、また不安になる。

「もしもし、葵衣くん?」

『美緒さん、久しぶり。今大丈夫?』

「うん。大丈夫だけど、何かあったの? 電話なんて珍しいね」

『お兄ちゃんのことで、話しておきたいことがあってさ。本当は直接話したいけど、お兄ちゃんに怒られそうだから電話にしたんだ』

葵衣くんには、椿さんが交際の報告をしていた。葵衣くんは『やっぱりね』という反応だったらしい。

この前の店での出来事もあるし、気を遣ってくれているのだろう。私としては、いつでも遊びに来てほしいし、三人で食卓を囲みたい。

葵衣くんの過去を知ってからは、なおさらそう感じている。

「椿さんのことで、話しておきたいこと？」

『うん。美緒さん、お兄ちゃんと僕が腹違いの兄弟だって話、もう聞いてるよね？』

葵衣くんの声のトーンがいつもより低い。

「……うん」

それ以上、何も言えなかった。

『僕さ、小さい頃ひとりの時間が多くてね。いつも絵本を読んで気を紛らわしてたんだ。絵本ってすごいんだよ。哀しい気持ちを吹き飛ばして、いろんな世界に連れていってくれるんだ。僕もこんな風に誰かを元気づける作品を作りたい。絵本作家になりたい、って思うようになった。今の夢は画家だけどね』

「うん、それは前にも言っていたよね……」

『お兄ちゃんは、学業とバイトを両立しながら僕を育ててくれた。将来たくさんお金を稼げるようにって一生懸命勉強して、就職してからは一日中仕事をしてた。お兄ちゃんの血が滲むような努力のおかげで、僕は今ここにいる。……だから、僕はお兄ちゃんには自由に生きてほしいって思ってるんだ』

葵衣くんの声は、いつもよりも暗くて、何か思いつめているようにも感じられた。

彼の言う〝自由〟とは、どういう意味なのだろうか。

静かに、葵衣くんの次の言葉を待つ。

『お兄ちゃんが家族のもとを離れたのは僕のせい。本当は、お父さんとお義母さんのこと、好きだったと思うんだ。そもそも、家族がこんなことになっちゃったのも、僕がいたからだし。だから、もしお兄ちゃんが実家に帰りたいと思っているなら、笑顔で背中を押してあげたいんだ』

なんでいきなりこんな話をしてきたんだろう。もしかして、お父さんが病気という話を知ったからなのかな？

「……葵衣くんは、椿さんからお父さんの話を聞いたの？」

『ううん、浩介兄ちゃんから聞いた。多分、僕を訪ねてからそっちに行ったんだと思う。僕のところに来た時は浩介兄ちゃん、隆弘兄ちゃんに彼女がいることを知らなかったみたいだから。家に戻ってきたらお見合いをさせたいって言ってたんだ』

椿さんが、お見合い……？

頭がガンガン鳴っている感じがする。

そんなことが起こり得るなんて、予想だにしていなかった。

「お見合いって、どうしてそんな話に……」

『お父さんも、浩介兄ちゃんも、お見合いなんだよ。会社存続のため、いいとこのお嬢様とお見合い結婚するのが家の絶対的なルールなんだ』

「そんな……」

『僕が話したかったのは、家に戻ったら必ずお見合いをしなきゃいけないことを知っているうえで、お兄ちゃんが実家に帰りたいのなら、背中を押してあげようと思ってるってこと。つまり美緒さんにひどいことをしてしまっているんだ。……ごめんね』

ショックが大きすぎて、気持ちが悪くなってきた。何も考えられない。考えたくない。お見合いだなんて、嘘だと言ってほしい。

……こんな心境でも、ひとつだけ葵衣くんに伝えたいことがある。

「葵衣くんが謝ることなんて、何ひとつないよ。椿さんのことだってそう。椿さんはお兄ちゃんとして、大好きな弟を守りたかっただけだよ」

私なんかの言葉で、葵衣くんを励ますことができるとは思えない。それでも、気持ちを伝えたかった。

『ありがとう。美緒さんって、本当に優しいんだね』

ようやく、葵衣くんの声が少し明るくなった気がした。

「そんなことないよ。思ったことを伝えただけ」

『はは、そっか。初めて会った時にも言ったけど、いつでも僕のところに来てくれていいんだからね』

なんて返したらいいか戸惑ったけど、「ありがとう」とお礼を言って電話を切った。

もともとは葵衣くんの部屋だった自分の寝室へ行き、すっかり見慣れた天井を仰ぐ。

『笑顔で背中を押してあげたいんだ』

葵衣くんの言葉が、頭の中で何度も何度も繰り返される。

椿さんが本当にしたいことはなんだろう。もし、なんのしがらみもなかったら、どういう生き方をしたいのだろう。家族全員が仲良く暮らしていたら、お父さんの会社を継いでいたのだろうか。

私は椿さんのことが好き。大好きだ。できることなら、ずっと彼のそばにいたい。

冷たいように見えて、本当は優しいところが好き。弟を溺愛しているところも好き。

いろんなことがあったみたいだけど、きっと家族思いな人なんだと思う。

でも、もし椿さんが実家に戻ることを選んだら……お見合いをして、私の知らない女性と結婚することになる。

私はそんな彼の選択を、笑顔で受け入れることができるのだろうか。自分の気持ちを押し殺して、相手の幸せを願うことができるのだろうか。

ひとりきりの部屋。

一滴の涙が頬を伝った。

副社長の答え

椿さんが帰ってきたのは、日曜日の夕方だった。

「おかえりなさい」

いつものように玄関まで出迎えに行くと、椿さんは笑顔で「ただいま」と言った。

無理して笑っているように見えるのは……気のせいじゃないと思う。

「お土産(みやげ)を買ってきた」

「これは、おまんじゅうですか?」

「ああ。地域限定のものだが、これといって特徴のない味だ」

「素朴(そぼく)な味ってことですね。早速食べませんか? たまには緑茶を淹れますね」

椿さんは「ああ」と短く答え、ダイニングテーブルのところに座った。

緑茶のティーパックを湯呑茶碗に入れて湯を注ぎ、まんじゅうを添えて椿さんの前に置く。

「たまには緑茶もいいな」

「そうですね。今度急須(きゅうす)を買ってきますよ」

「……ああ、頼む」

椿さんは、どこか元気がない。

実家で何かあったのだろうか。お見合いの話を聞いて、私にどう切り出そうか迷っているのかもしれない。

「久しぶりのご実家は、どうでしたか……？」

手にじんわり汗をかき始めた。聞きにくい話を持ち出してしまったからか、もしくはお見合いの話が出るのが怖いからだろうか。

「家は特に変わっていなかった。親父は会わないうちに、ずいぶんと老いていたよ。十年以上も経っていれば歳も取るよな」

椿さんは笑っているけれど、どう見ても無理しているようだ。

「そうですか……」

「ふたりともに白髪交じりで、皺も増えていた。とっくに還暦を超えているから、当然だよな。親父は腰が曲がっていたよ。母さんは、俺の顔を見た途端に泣いていた。元気でよかったたって、何度も言って」

こんなに苦しそうな顔をして話す椿さんは、初めて見た。心がえぐられるようだ。

「俺の選んだ道は間違っていなかったと思う。でも、母さんも被害者だったんだなって改めて考えると、やるせなくなった。俺は、親不孝者だ……」

そんなことない。椿さんは何も悪くない。だから、自分を責めないで。

伝えたいことはたくさんあるはずなのに、口に出すことができなかった。部外者である私の言葉なんか、なんの価値もないと思ってしまったから。

「せっかく帰ってきたところなのに、暗い話を聞かせてごめんな」

「いえ、話してもらえて嬉しいです。……それで、その、実家に戻るという話は？」

「……まだ悩んでいる。でも、あまり先延ばしにはできないから、今週末までには決めようと思っている」

椿さんの表情は、どこか苦しそうだった。

「そうですか。私は……」

いったん話すのをやめて、ゆっくりと息を吐いた。そして、椿さんの目を見てにっこりと微笑む。

「私はどんな答えでも、椿さんを応援しますから」

「ありがとう。柏木は、俺にはもったいないくらいの恋人だよ」

愛おしそうに見つめてくれたその瞳が、その言葉が、私にはもったいないと思った。

本音を言えば、そばにいてほしい。実家に戻ってほしくない。

それでも、私は決めたのだ。葵衣くんの受け売りで真似をしているだけかもしれないけど……。好きな人の背中を押してあげたい、どんな結果であっても笑って受け入れよう、と。

もしかしたら、この一週間がふたりで過ごせる最後になるかもしれない。だったらもっと楽しい時間にしたい、という気持ちもある。けれども、それ以上に失うことが怖くて、明るく振舞うことができなかった。

それからの一週間は、いつもよりも会話が少なかった。核心を突くことはせず、当たり障りのない会話だけを交わしていった。

そして、平日最終日である金曜日。

ふたりで夕食を食べていた時、椿さんに土日の予定を聞かれた。

「特に予定は入っていませんよ」

「それなら、明日の夜はホテルにあるフレンチレストランで食事をしないか？」

「ホテルでフレンチですか？　どうして、また……」

「たまには、外で食べるのもいいだろう」

椿さんの言う通り、私たちはあまり外食をしない。たまに二階のレストランで食べるくらいだ。

『気分転換に』と言われたら確かにありそうな話だけれど、タイミング的に違和感がある。

椿さんは今週末までに答えを出すと言っていた。その答えを、食事の時に伝えるつもりなのかもしれない。言いにくいことだから、せめて最高に素敵な場所で話して、思い出を作ってくれようとしているのかも。

考えれば考えるほど、ネガティブになってしまう。

勘のいい椿さんは、きっとそんな私に気づいている。

それでも私は、強がって「楽しみにしています」と笑顔で答えた。


土曜日の朝、椿さんはなぜかスーツを着ていた。

仕事があるわけでもないし、クールビズが始まっているにもかかわらずだ。

「どこかにお出かけですか？」

「ああ、大事な予定が入っているんだ。夕方までには戻るから家で待っていろ」

「わかりました」

どこに行くのか気になったけれど、なぜだか聞けなかった。私に背を向けて歩く姿が、『何も聞くな』と言っているように感じたからだ。

ひとりぼっちになった私は、とりあえずいつもの家事をひと通りこなし、適当に昼食をとった。


十四時を回った頃、来客を知らせるチャイムが鳴った。

インターホンのカメラを確認すると、葵衣くんと、もうひとり知らない男の子が立っていた。

大学生くらいに見えるけど、葵衣くんの友達だろうか。

「葵衣くん?」

『美緒さん、突然ごめんね。渡したいものがあって来たんだ』

「わかった、今開けるね」

ロック解除ボタンを押すと、ふたりの姿はカメラから消えた。

『渡したいもの』ってなんだろう? 美大生だから絵だろうか。もしかして〝贈り物は男の子〟なんてことは……さすがにないよね?

ほどなくして、葵衣くんと男の子が部屋にやってきた。

男の子は、ぱっちりとした目に色っぽい厚めの唇が特徴的なイケメンだった。髪型は茶髪のマッシュツーブロックで、白の七分袖にベージュのパンツを穿いている。葵衣くんと同じように小物使いが上手で、オシャレ上級者に見える。

「美緒さん、久しぶり。久しぶり！」

「久しぶり。椿さんは外出してていないよ？」

事前に連絡を取っていないのか不思議に思い、首を傾げる。

「知ってるよ。実はね、今日はお兄ちゃんに頼まれて来たんだよ」

葵衣くんは、大きな紙袋を得意げに見せた。

「椿さんに……？」

「うん！　あ、この子はね、僕の友達の遥くん。プロのメイクさんになるのが夢なんだって」

「どうも、はじめまして。今日はよろしくお願いしまーす」

「『よろしく』って、何を？　話が全く見えないんだけど……」

戸惑っている私を見た葵衣くんは、紙袋から中身を取り出して広げた。

「このドレスを着せて、可愛くしてあげてって頼まれたんだ、お兄ちゃんに」

「……へっ？」

「何、間抜けな声出してるの。今日お兄ちゃんとディナーデートに行くんでしょ？」

葵衣くんは、やれやれと呆れている様子。

「素敵な場所には、素敵なコーディネートで行かないとダメだよねっ！」

遥くんは、人差し指を立てて、ウインクしてみせた。

彼と葵衣くんを交互に見て、『類は友を呼ぶ』という言葉が思い浮かんだ。男の子なのにこんなに可愛いだなんて、女として少し悔しい。

「さあ、まずは僕が選んだドレスを着てよ。きっと似合うから」

強引にドレスを渡され、ふたりに連れていかれるようなかたちで部屋に向かった。

「僕たちは外で待ってるからねー」と言い残し、ふたりは笑顔でドアを閉めた。

「一体、なんなの……？」

独り言を呟いてしまうほど、今の状況が理解できていなかった。

ひとまず、葵衣くんが選んでくれたという黒のノースリーブドレスを着てみる。

シンプルなデザインだけど、ウエスト以下はふんわりとしたフォルムですごく可愛い。一緒に受け取ったパールのリングとネックレスをつけると、一層華やかに見える。

「どう？　サイズ合ってた？」

「うん、もう入ってもいいよ」

廊下にいたふたりは、部屋に入るやいなや「可愛い！」と褒めてくれた。

男の子に、というより女友達に言われているような感覚。つい油断しそうになる。

「じゃあ、次はメイクだね。遥くん、お願い」

「オッケー！　任せて」

私はデスク近くの椅子に座り、遥くんはリビングから椅子を持ってきて正面に座った。葵衣くんはベッドに座ってメイクが終わるのを待っている。

「うんと可愛くしてあげるね」

「……ありがとう」

どうして、椿さんはこんなことをふたりに頼んだのだろう。やっぱり、今日はただの食事ではないということなのか。だとしたら、一体どんな話をされるのだろう。

悶々と考えているうちに、メイクとヘアセットが完了した。

「よし、完成！」

「うわあ、美緒さんすっごく可愛いよ。お姫様みたい！」

葵衣くんはこれ以上ないってくらいにベタ褒めしてくれるけど、私は自分の顔がどうなっているのかわからない。

「そんな、大げさな……」

椅子から立ち上がって、部屋の隅にある姿見で全身を確認する。

「……私じゃないみたい」

鏡の中には、初めて見る自分の姿があった。髪型はゆるふわのハーフアップになっていた。メイクは決して濃くないのに、とても華やかに見える。

自分の顔がこんなにも変わるなんて思っていなかった。

「ふたりとも、本当にありがとう！　すごく素敵だよ。感動して泣きそう……」

「泣いたらダメだよ！　メイクが取れちゃうから」

ぷくっと頬を膨らませた遥くんに注意された。

「そうだね。遥くん、葵衣くん、本当にありがとう」

「どういたしまして！　じゃあ、頼まれ事も終わったことだし、僕たちは帰るね」

「うん、またね！」

颯爽（さっそう）と帰るふたりの背中を見送った。

かけ時計を確認すると、もう十六時前だ。

椿さんはドレス姿の私を見て、どんな反応をするだろうか。前に買ってもらった部屋着を見せた時は、全く褒めてくれなかったな。ほんの二ヵ月ほど前のことなのに、ずっと昔のことのように思えるのはなぜだろう。この生活が思い出になりつつあるからだろうか……。

何もしないでいると、ネガティブなことばかり考えてしまう。かといって、この姿では家事もろくにできないので、気を紛らわすためにバラエティ番組を見ながら椿さんの帰りを待つことにした。


「ただいま」

椿さんが帰ってきたのは、ちょうど十八時になった頃だった。

「おかえりなさい」

ドレス姿が照れくさくて、いつものように玄関まで駆け寄ってのお迎えはできなかった。リビングから出てすぐのところで、もじもじしながら椿さんを待つ。

「……美しすぎて、言葉が出ないよ」

椿さんは、最高級の褒め言葉を口にすると、そっと私の手を取った。

「お姫様、お待たせして申し訳ございませんでした」

まるで王子様のように、優美な笑みを浮かべて私の手の甲にキスをする。

「椿さん、恥ずかしいです……」

「頬を桃色に染めるその姿も可愛いですね。そんなあなたを、とびきり素敵な世界へとお連れしましょう」

椿さんは私の手を引いて、玄関へ向かった。

玄関には見慣れないパンプスが置いてある。今日のドレスに似合う、光り輝くシルバーのパンプスだ。

「靴まで用意してくれてる……」

「履き慣れていないだろうから、靴ずれするかもしれないな。痛くなったら言えよ」

「はい」

いつの間にか、椿さんはいつもの口調に戻っていた。

ほっとしたような、ちょっと惜しいような気持ちだ。

椿さんと手を繋いで、マンションの一階まで下りる。

エントランスにはすでに彼の車が用意されていたが、運転席には誰か座っている。

椿さんに確認すると、今日はお酒を飲むつもりでいるので運転手を手配したらしい。

「椿様、いってらっしゃいませ」

「ああ」

スタッフの男性に見送られながら、車が走りだした。

少しずつ陽が落ち始めている。オレンジ色の空はゆっくりと夜の衣に着替えていく。鮮やかな夕焼けが少しずつ黒に染まっていく、その光景を見ると、やけに切なくなる。真っ暗になってしまったら、魔法が解けてしまうような気がした。

車の中ではあまり会話をしなかった。椿さんが何回か話題を振ってくれたけど、うまく続かない。

でも、沈黙をそれほど不快には感じなかった。二ヵ月ちょっと、ふたりで過ごした時間が積み重なっている証拠だ。

「着いたぞ」

椿さんが連れてきてくれたのは、マンションから車で十五分程度のところにあるホテル。海に面していて、とても眺めがいい。夕陽が水面(みなも)にキラキラ反射して、眩しいほどに輝いている。

完全に陽が暮れたら、もっとロマンチックな雰囲気になるんだろうな。

エントランスに足を踏み入れると、頭上に大きなシャンデリアがあり、床には赤い絨毯が敷かれている。

所々に立派な観葉植物が置かれ、優雅な雰囲気に圧倒されてしまう。

椿さんはそんな私の手を引いて、エレベーターに乗った。

目的地のレストランはまさかの最上階で、五十五階にあった。店の入口にいる店員に「予約している椿だ」と声をかけると、すぐに席まで案内された。

店内はシックな雰囲気で、大きな窓からは夜景が一望できる。

マンションからも毎日夜景を見ているけれど、美しい情景はいつ見ても感動する。

案内されたのは窓側の席だった。私たち以外にお客さんはひとりもいない。来店が早かったからだろうか？

「まずはシャンパンでいいよな？」

「はい」

シャンパンを注文すると、すぐに運ばれてきた。

乾杯をした時に、初めてイタリアンレストランで食事をした時のことを思い出した。あの時食べたカルパッチョやピザは、すごく美味しかった。

また、一緒に食べに行きたいな。

でも、椿さんが実家に戻ってしまったら、それも叶わなくなる。

せっかく素敵な店に連れてきてもらったのに、哀しくてうまく笑えなくなった。

「元気がないみたいだが、どうした？」

「いえ、なんでもないです。少し緊張してしまって……」

「どうってことはない。家のダイニングテーブルと思えばいい」

「それはさすがに無理がありますよ」

私は手を横に振りながら答えた。

「そうか？　いつも最高級の料理が出てくるぞ」

椿さんはなぜか自慢げだ。作っているのは私なのに。

でも、椿さんのちょっとした冗談で心が軽くなった。

いつも私の料理を褒めてくれて、本当に嬉しい。今まで、店の手伝いでたくさんの人に腕を振るってきた。美味しいと感想をもらえた時はすごく心地よかった。

でも、椿さんの言葉は段違いだ。好きな人のために料理をすること自体が、幸せでたまらない。

この人は私にそういう喜びを教えてくれた。本当に、感謝してもしきれない。

「……椿さん。いつも美味しそうにご飯を食べてくれて、ありがとうございます」

「こちらこそ、俺のために一生懸命作ってくれてありがとう」

椿さんの屈託のない笑顔を見ているだけで、胸がいっぱいになった。

お礼を言い合っていると、テーブルに前菜が運ばれてきた。

会話を楽しみながら舌鼓を打つ。

そして、お皿が空になったタイミングでスープが運ばれてきた。

どれも驚くほど美味しくて、雰囲気も最高だ。

それなのに、店内に客は私たちふたりだけ。

「どうしてこんなに素晴らしいレストランなのに、賑わっていないんでしょうね？」

思ったことをそのまま尋ねると、椿さんは目を丸くした。

「お前……もしかして、気づいていないのか？」

「……と、いいますと？」

「今日は、俺が貸切にした」

「か、貸切⁉」

驚いて思わず声をあげてしまった。周りには誰もいないのに、咄嗟に口を押さえる。

「どうして貸切に……？」

椿さんは満面の笑みを浮かべて答える。

「もちろん、お前と最後の夜を過ごすためだ」

〝最後の夜〟ってことは……。

先ほどまで感じていた幸せな思いが、音をたてて崩れていく。

やっぱり、椿さんは私に大事な話をしに来たんだ。今の会社を辞めて、実家に戻り、お父さんの会社を手伝うことにすると。そして、お金持ちのお嬢様とお見合いすることになるから、別れてほしいと……。

つらい話をするはずなのに、どうして椿さんは楽しそうに笑っているの？　私のことも、会社のことも、すべて吹っ切れてしまっているということ？

予想はしていたけれど、ショックが大きすぎる。けれど、不思議と涙は出てこなかった。本当に哀しい時って、泣けないのかもしれない。

「ふたつ、聞いてもいいですか？」

怖かったけど覚悟を決めて、椿さんから目を逸らさずに問いかけた。

「いいぞ、なんでも聞いてくれ」

「椿さんは、どうして私を採用したんですか？　恩人の娘だったからですか？」

ずっと、心のどこかで気になっていた。

中垣さんは、私をコネ入社だと言っていた。もしかしたら、そうだったのかもしれないとずっと思い続けてきた。

葵衣くんは違うって言ってくれたし、何より中垣さんの前で椿さん本人が否定してくれた。でもあれはただ、中垣さんを黙らせるために言っただけなのかもしれない。

「まだそんなことを気にしていたのか？　前にも言ったが、お前に光るものを見つけたから採用した。まあ、今思えば、いい意味での先入観はあったかな」

「先入観、ですか？」

「柏木は気づいていなかったかもしれないが、『かしわぎ』の客席からは、場所によってはキッチンが見えるんだよ。それに接客もたまにしていただろ？　だから俺は、お前の働きぶりを知っていた。それなのに面接で緊張して別人のようになっていて、もったいないと思ったんだ。お前が持っている力はそんなもんじゃないだろ、って」

優しく微笑んだその顔は、面接の時に見た笑顔と同じだった。

「だから、あの時励ましてくれたんですね……。面接のあと変装して店に来るようになったのは、私に気づかれないようにするためですか？」

「ああ。お前が客席に出てきた時のことを考えてな。仕事中に緊張させてしまうのは悪いから」

椿さんの気持ちが嬉しくて、泣きそうになった。けれど、葵衣くんに言われたことを思い出して必死に我慢する。

「もうひとつの質問はなんだ？」

「えっと、いつから私のことを好きになってくれてたのかなって……」

ふたつ目の質問を口にした時、椿さんの頰が赤く染まったように見えたのは……気のせいだろうか。

「そうだな、正直自分でもわからん。ただ、はっきりと自覚したのは、新入社員の懇親会のあと、お前が俺のために泣いてくれた時だ。すごく嬉しかった……ありがとう」

穏やかに笑う椿さんは、本当にカッコよくて色っぽい。

私なんかにはもったいない、素敵な男性だ。そんな彼が、私のことを好きになってくれた。それだけで、もう充分な気がする。

「こちらこそ、ありがとうございます。最後に気になっていたことが聞けて、もう心残りはありません」

涙をこらえて、精一杯の笑顔でお礼を言うと、椿さんは怪訝そうに眉間に皺を寄せている。

「〝最後〟って、どういう意味だ？」

「……え？　だって、さっき〝最後の夜〟って……」

「そんなことはひと言も言っていない。俺は〝最高の夜〟と言ったんだ」

「へ？」

椿さんはなぜか不機嫌そう。こんなに怖い顔は久しぶりに見た気がする。

私は口から間の抜けた声が出てしまうくらい、呆気に取られてしまった。

最高の夜って……椿さんは一体何をしに、ここへ連れてきたのだろう。頭に浮かんだ疑問を、そのままぶつけてみることにした。

「最高の夜ってなんですか？」

「お前、そんなこと聞くなよ！　空気が読めない奴だな」

その発言に思わずムッとして、頬を膨らませた。

「だって、わからないですもん！　私はてっきり、『実家に戻ってお見合いをするから別れよう』って言われるのかと……」

感情が高ぶって、思わず大きな声を出してしまった。

「はあ？　俺がお前を手放すわけないだろ。バカか！」

椿さんは、明らかにイラ立っていた。

『いやいや、怒るのはおかしいでしょう。』と反論したかったけど、さりげなく嬉しいことを言われたので我慢した。

「じゃあ、なんなんですか？　こんな素敵なお店を貸し切って、ドレスアップまでさせて……何か特別な話があるって思うじゃないですか！」

「……あるに決まっているだろう。だから、空気を読めと言っているのに」

椿さんは、深くため息をつくと、片手を上げて店員を呼んだ。

小声で何か話しているけれど、全く聞こえない。

店員は「かしこまりました」と言って、テーブルを離れた。

「少し予定が狂ったが、お前のお望み通り大事な話をさせてもらう」

「は、はい」

緊張して肩に力が入る。きゅっと唇を結んで、椿さんの言葉を待った。

「柏木、今日限りで家政婦の任を解く」

椿さんは真剣な表情で、はっきりと言いきった。

「え……？」

まさかの、ここに来てまさかの……リストラ宣言？　いや、もともと給料をもらっていたわけじゃないけど。ただ彼にお礼をしたくて、住み込みで働き始めたけれど……もうその必要はないってこと？

「やっぱり、最後の夜じゃないですか！」

堰（せき）を切ったように涙が溢れ出る。

一度期待してしまった分、哀しみもひとしおだ。

「落ち着け、まだ話は終わりじゃない！」

椿さんは、慌ててスーツの内ポケットから白いハンカチを取り出し、私に手渡した。そして、さらに話を続ける。

「その代わり、これからは――」

突然、ヴァイオリンとピアノの軽やかな演奏が始まった。同時に女性スタッフの数人が、薔薇の花束と小さな箱を持ってやってくる。

椿さんは立ち上がると、スタッフから花束を受け取り、私の前に跪いた。

目の前に花束が差し出される。

「俺の妻として、そばにいてくれないか」

頭が真っ白になった。

えっ、本当に……？　椿さんが私と結婚したいと言ってくれているなんて、こんな夢みたいなことってある……？

幸せな気持ちが込み上げてきて、涙が止まらない。

こんなに嬉しいサプライズは、あとにも先にも経験することはないだろう。最高にカッコいい王子様の申し出を断るわけがない。

「はい……」

驚きすぎて、頭が追いついていない。

でも心はちゃんとわかっているようで、無意識に頷き、泣きながら笑って花束を受け取っていた。

「ありがとう。一生幸せにすると、この指輪にかけて誓うよ」

椿さんはスタッフから小さな箱を受け取ると、それを開けて中身を私に見せた。

そこには、大粒のダイヤモンドが光り輝く、指輪が入っていた。

椿さんの笑顔は愛に満ちていた。こんな彼の表情を見るのは初めてだった。

「いつの間に用意されてたんですか？」

「秘密だ。本当は旅行の時に、サプライズで渡そうと思っていたんだけどな」

にかっと笑う椿さんが、たまらなく愛おしい。しかも、もっと前からプロポーズを考えてくれていたなんて……喜びが爆発しそうだ。

「そうだったんですか、嬉しい……！」

椿さんはそっと指輪を取って、私の左手の薬指にはめてくれた。

サイズが合うかドキドキしたけれど、びっくりするくらいにぴったりだった。こぼれ落ちそうなほど大きなダイヤモンドに、思わず見入ってしまう。

指輪をはめ終えたあと、椿さんは再び席に座った。

「そういえば、実家の件だが……特別顧問として経営に参加することになった」

「特別顧問、ですか？」

聞き慣れない言葉に首を傾げる。

「ああ。今の会社に在籍したまま、親父の会社の執行役員になることにした。時々通って、会議に参加しようと思っている」

「そうだったんですね」

話を聞いて、心からほっとした。今の会社を続けながらお父さんの会社も手伝う、椿さんにとって一番いい選択だと思う。でも〝息子たち〟と一緒に働きたいというお父さんの願いがすべて叶ったわけではない。それでいいのだろうか？

「お父さんは納得されていましたか？」

「本当は兄さんとともに会社を継いでほしかったようだが、それは断った。親父には親父の、俺には俺の夢があるからな」

「夢……？」

椿さんはまるで少年のように、白い歯を見せて笑った。

「ありきたりな夢だが、愛する妻と幸せな家庭を築くことだ。時にはしっかり者の母親のようで、ある時は世話のかかる妹のようで……そして、いつもトキメキを与えてくれるお前のそばにいることが、俺の夢だ」

椿さんの夢の中に私がいる。何よりも一番に叶えたい夢だと思ってくれている。感動して胸がいっぱいだ。同時に、椿さんの夢は私の夢にもなった。

「嬉しい……。私も、椿さんと一生一緒にいたいです！」

そう答えると、椿さんはほっとしたように笑った。

「ありがとう。あと、事後報告になってしまったが、今朝、お前の実家へ挨拶に行ってきたよ」

「えっ！　本当ですか？　父さんと母さんはなんて？」

「結婚を前提にした交際をしたい、と伝えたら、おばちゃんは賛成してくれたよ。おじちゃんはムスッとしていたが『娘の判断に任せる』と言ってくれた。それと、最近商店街に活気が戻ったとお礼を言われたよ」

まさか、椿さんがうちの実家に挨拶まで済ませていたなんて……。

驚いて目を丸くしてしまった。今朝スーツで出かけていったのには、そんな理由があったんだ。

私のために、ひそかに行動してくれていたことに幸せを感じる。そして、父さんと母さんが認めてくれたことも嬉しい。ようやく母さんを、安心させてあげられただろうか。

「本当は、デザートのあとにプロポーズする予定だったのだが……おてんば姫のせいでむちゃくちゃだよ」

言葉とは裏腹に、椿さんは慈しむような瞳で見つめてくれる。

「『おてんば』って、言いすぎですよ」

文句を言いながらも嬉しくて、顔がほころんでしまう。

「確かにな。……じゃあ、引き続き美味しい料理を食すとするか」

「はい！」

ここの店の料理は、本当に素晴らしかった。

でもそれは、椿さんと一緒にいられる喜びで胸がいっぱいだから、余計に美味しく感じるのかもしれない。

ふたりで他愛もない話をして、笑い合ってご飯を食べるだけで、こんなにも幸せ。

そしてこの幸せは、これからも永遠に続いていくんだ。

エピローグ

「ごちそうさまでした！」

すべての料理を食べ終え、私たちは店を出た。

エレベーターに乗って一階を押そうとすると、椿さんに止められた。

「そこじゃない」

椿さんはなぜか四十階のボタンを押した。

「え……私たち一階から入ってきましたよ？」

「今日はこのまま泊まりだ」

「……泊まり⁉」

「言っただろ？　最高の夜を過ごすって」

椿さんはニヤリと笑う。

その言葉の意味をようやく理解して、何も言えなくなる私。

椿さんがうちの親に挨拶をし終わった今、障害は何もない。

「えっと、でも、心の準備が……」

「そんなものはいらない」

「ど、どうしてですか⁉　大事ですよ」

「そのほうが、いじめがいがあって楽しいだろ？」

椿さんが不敵な笑みを浮かべると同時に、エレベーターは四十階に到着した。

チェックインはどうしたのかと聞くと、椿さんは「家に戻る前に済ませてきた」と答えた。さすが完璧だなって感心するところだけど、今はそんな心の余裕などない。

エレベーターを降りてふかふかの絨毯の上を歩く。履き慣れないパンプスだからか、時々つまずきそうになった。

「抱っこしてやろうか？」

「い、いいです。歩けますもん」

「そうか。足が痛かったら言えよ」

椿さんは、私を気遣ってゆっくりと歩いてくれた。

意地悪なんだか、優しいんだか……。本当にこの人は複雑な性格だ。

「ここだな」

椿さんは、カードキーをドアノブにかざした。

扉を開けた先には、想像以上に豪華で広々とした部屋が待っていた。エレガントな家具で統一された部屋は、寝室とリビングに分かれている。寝室にはキングベッドがあり、リビングには大きなソファと、立派なテーブルセットが並んでいる。寝室からはライトアップされたプールが見えて、とてもロマンチックだ。

あとはキッチンさえあれば、一生ここに住めそうだ。

「すごい……！」

感動の余り、椿さんより先に部屋に入って周囲を見渡す。すると、突然背中に温もりを感じた。

「俺は、お前にしか興味がないよ」

「椿さん……」

後ろから抱きしめられ、耳元で囁かれると、身体中が甘くしびれる。

「葵衣はさすがだな。脱がしやすいドレスを選んでいる」

椿さんは私から身体を離すと、背中のファスナーに手をかけた。

「ま、待ってください！　本当に心の準備が……」

「させるか。俺は恥ずかしがるお前が見たいんだ」

鏡を見なくても、顔が赤くなっているのがわかる。

椿さんの声はどこか色っぽくて、聞いているだけで身体が熱くなった。

ファスナーを下ろされ、露わになった背中に何度も口づけを落とされる。

「んっ……」

「感じているのか？　可愛いな」

くるりと身体を回され、向かい合うようなかたちになる。そのままベッドの上に押し倒された。ドレスは身体からずり落ち、もう少しで下着が見えてしまう。もとの位置に慌てて戻そうとすると、椿さんに腕を押さえられた。

「椿さんはほんとに意地悪ですね……。鬼の副社長ってあだ名がつくのも頷けます」

「ああ、俺は意地悪だよ。鬼と呼ばれるくらいにな。……特に好きな女は、いじめたくなるんだ」

鎖骨から胸の間に、何度も口づけを落とされる。

「ようやく、大人のキスが解禁されたな」

艶っぽい声で、そんなことを言われたら、もうどうにかなってしまいそうだ。

「椿さん……」

「今夜からは名前で呼んでくれ。……美緒」

「はい、隆弘さん……」

名前を呼び合うだけで、感情が高まっていく。私たちは何度も何度も、深いキスを交わした。

しびれるくらいに甘い夜は、長いようで、あっという間だった。

鉄の掟というルールを作ってしまうほどに厳しい隆弘さんは、会社では鬼の副社長と恐れられている。

そんな彼は、恋人に対しても意地悪だ。

でも、その意地悪の、厳しさの裏側に、優しさがあることを私は知っている。

独占欲が強く、すぐヤキモチを焼いて、私のすべてを欲しがろうとする。

私はそれが嬉しくて、どんなことにも応えたいと思ってしまう。

「お前は一生俺のものだ。俺だけを見ていろ」

そう、私は鬼の副社長の〝甘い掟〟の虜なのだ。

特別書き下ろし番外編

隆弘さんにプロポーズをされてから、二ヵ月後のこと。

全体朝礼で、部長から「第三グループは、すぐに三十階の中会議室に集まるように」と指示があった。部長は青ざめた表情でさらに続ける。

「副社長から直々に話したいことがあるそうだ……」

〝副社長〟というワードが出た瞬間、フロア全体がどよめいた。

相変わらず隆弘さんは〝鬼〟扱いされている。

本当は優しい人なんだよって皆に伝えたいのに、できないのがもどかしい。……まあ、真実が広まれば人気者になっちゃうだろうし、このままのほうが余計な心配をしなくて済むのだけど。

それにしても話したいことって一体なんだろう。隆弘さんからは何も聞いていない。

「メンバーの誰かがやらかしたのかなぁ。身に覚えないけどなぁ……」

いつも明るい菅野さんも不安のようで、移動中はずっと落ち着かない様子だった。

ほかのメンバーも同様、表情が強張っている。

エレベーターを降り、部長のあとに続いて中会議室へと入る。会議室は収容人数二十人ほどで、テーブルはロの字型に置かれている。

隆弘さんはすでに一番奥の席に座っていた。険しい顔つきで腕を組んでいて、会議室全体にピリピリとした雰囲気が広がっている。一見機嫌が悪そうに見えるけど、ただ仕事モードに入っているだけだと思う。……多分。

「お、お待たせして申し訳ありません！」

部長は小走りで隆弘さんのそばに駆け寄り、深々と頭を下げた。

「いや、今来たところだ。突然呼び出して悪かったな」

「とんでもございません。さあ、君たちは早く席に着いて！」

部長に急かされた私たちは、ふた手に分かれ、会議室の左右に向かい合うように座った。下っ端の私は入口に一番近い席となった。

「早速だが、本題に入らせてもらう」

全員座り終えて、すぐに隆弘さんが口を開いた。

重々しい雰囲気の会議室。誰もが緊張した面持ちで、彼のひと言を待った。

「私事だが、このたび結婚することになった」

〝鬼の副社長〟からの連絡は、これだけだった。

部長をはじめとして、誰も何も反応しない。というか、多分できないんだろう。予想の斜め上を行く内容だし、どうしてわざわざ結婚の報告をするのか意味がわからないんだと思う。……私以外は。

そういえば、一週間くらい前だったか、隆弘さんが『そろそろお前の上司に報告しないとな』と呟いたことがあった。

上司だけだと思っていたのに、まさかグループメンバーまで呼び出すなんて……。こんなかたちで報告するなら、せめて事前に伝えてほしかった。心の準備が全くできていないよ。

「ええと……わざわざ第三グループのメンバーを集めて報告されたのはなぜでしょう？」

二、三分くらい経ったあと、部長は困った様子で隆弘さんに問いかけた。

「この中に私の愛しい将来の妻がいるからだが？」

隆弘さんが答えると、部長をはじめとした男性陣は女性社員をチラチラ見始めた。グループメンバーのうち、女性社員は私を含めて三人しかいない。

「さようでございますか。それで……将来の奥様はどなたなのでしょうか？」

「ああ、紹介しよう。……柏木、こちらへ来なさい」

「は、はい！」

隆弘さんに名前を呼ばれ、急いで立ち上がった。

静かだった会議室にどよめきが起こる。

メンバーの視線を一斉に浴びながら彼のもとに向かう。

私が隣に立つと、彼も椅子から立ち上がった。そして私の肩に手を添えて得意げに語る。

「彼女が私の可愛い婚約者だ。仕事はまだ半人前かもしれないが、家事、特に料理の腕はプロ並みなんだ」

もう、いきなり何を言いだすの⁉ 婚約者と紹介されただけでも照れくさいのに、こんな風に褒められたら、どんな顔をすればいいのかわからない。皆の反応が気になるけど、恥ずかしくてまともに前を向けない。隆弘さんの隣で縮こまって、ただただ自分の手を見つめることしかできなかった。

「結婚式は、君たちにも出席してもらいたい。来年を予定しているが、日時が決まったらすぐに連絡させてもらう」

「もちろん、喜んで参加させていただきます。受付なども我々マーケティング部にお任せください！」

立ち上がって、手もみをしながら話す部長。よほど彼にゴマをすりたいのだろう。

「このたびは、ご結婚おめでとうございます！」

部長は私たちに深くお辞儀をした。ほかの社員も立ち上がり、口々に祝福の言葉を述べた。

『おめでとう』と言ってもらえて本当なら嬉しいんだろうけど、突然のことに頭が追いついていないのか、他人事のように思えてならなかった。

「ありがとう。私用で呼び出してすまなかったな。業務に戻っていいぞ」

「はい！」

部長たちは隆弘さんに一礼して、会議室から出ていった。


ふたりきりになったのを確認した私は、すぐに隆弘さんに文句を言った。

「隆弘さん、こういうことをするなら事前に教えてください！　びっくりするじゃないですか。それに、報告は上司だけでもよかったんじゃないですか？　わざわざ皆を集めなくても……」

唇をすぼめると、隆弘さんは申し訳なさそうに眉尻を下げた。

「すまん。急に予定が空いて、今しかないと思ったんだ。一応連絡を入れておいたんだが、見ていなかったか？」

「……気づきませんでした」

連絡をくれたとしても、直前に決めるのはやめてほしい……って思ったけど、隆弘さんは副社長だもの、いつも忙しいんだよね。新入社員の私とは違う。空いた時間を私のために使ってくれたんだって考えると、怒るに怒れない。

「驚かせて本当に悪かった、謝るよ。もっと計画的にすればよかったな。あと、グループメンバー全員の前で話したのは、美緒が俺の婚約者だって宣言しておきたかったからだ」

「宣言、ですか？」

彼は私の手を取ると、その両手で優しく包み込んだ。

「ああ。お前がほかの男に取られないか心配なんだよ。本当は会社を使って、全世界に広告を出したいくらいだ。柏木美緒は俺のもの、ってな」

「ふふ、なんですかそれ。隆弘さんは心配しすぎですよ。あなたのそばから離れるわけがないのに」

隆弘さんは無邪気な子どものように笑って「ありがとう」と呟いた。

どうしてこんなに心配するんだろう。隆弘さんのことを心から愛しているし、目移りなんてするわけがないのに。彼より素敵な人なんていないのだから。

むしろ心配するべきなのは、私のほうだと思う。私よりも綺麗な女性なんてごまんといる。いつどこに出会いが転がっているかわからない。それなのに私は、なぜか隆弘さんが離れていくかもしれないってあまり思わない。

それはきっと、隆弘さんが毎日愛を伝えてくれるからだと思う。『愛している』と伝えてくれて、キスをしてくれて、抱きしめてくれる。仕事が終わったら真っ先に帰ってきてくれるし、ほとんどの土日は一緒に過ごしている。だから、彼が私に隠し事をするはずがないって心から信頼しきってる。

もしかしたら、私は、隆弘さんにきちんと気持ちを伝えられていないのかな？　だから不安にさせてしまうのだろうか？　言葉や態度や料理で表現しているつもりだけど、足りないのかな？

会議室を出たあとは、どうしたらもっと安心してもらえるんだろう、と考えながら部署に向かった。


オフィスに戻り、席に着くと、すぐに女性社員たちに囲まれた。第三グループ以外の人たちも来ている。私たちの話が、もう部全体に広まってしまったのだろうか？

「柏木さん、もうびっくりしたよ！　まさか、あの副社長と付き合っていたなんて」

同じグループの先輩は、いまだに信じられないと言わんばかりに目を丸くしている。

「一体どうやって知り合ったの？　いつから付き合っているの？」

ほとんど話したことのない違うグループの人からも質問される。女の人はいくつになっても、恋愛話が好きなんだなあと実感する。

「ええと……ひと言で言えば、家族ぐるみの付き合いだったというか……。お付き合いを始めたのは三ヵ月くらい前からですかね」

「そんな短い期間で結婚しちゃうの？　相手のこと、まだわからないことも多いんじゃないの？」と、交際期間を言っただけで皆に驚かれた。

確かに世間一般的に見たら短いかもしれないけど、私たちのことをよく知らない人たちにとやかく言われたくないと思う。少しイラッとしてしまうけど、我慢我慢。

その後も「副社長のどこが好きなの？」とか「結婚式はどこでやるの？」といった質問を受ける。業務時間中の私語は鉄の掟に反しているのに、皆おかまいなしだ。

十五分ほど経って部長に「そろそろ業務に戻りなさい」と注意を受け、女性社員たちはそれぞれの席へと戻っていった。

ある女性社員から帰り際に言われた「いいなあ、寿退社だね」というひと言に、はっとさせられた。

結婚したあと、仕事をどうするかなんて全く考えていなかった。やっぱり辞めることになるのかな？　でも、せっかく隆弘さんに認めてもらって入社したのに、簡単に辞めたくない気もする。まだ一人前になっていないのに。

「カッシー……いや柏木さん。ひとつ頼んでもいい？　じゃなくて、頼んでもよろしいでしょうか？」

パソコンをぼーっと眺めながら考え事をしていると、菅野さんに話しかけられた。わざわざ丁寧な話し方に言い直している。

これって、私が〝副社長の婚約者〟だから……？

「菅野さん、今まで通りにしてください。私は私ですから」

「いやあ、そうだよね。でも、どうしても柏木さんの背後に副社長の姿が見える気がしてさ……」

菅野さんはいつも笑顔で話してくれるのに、今はどこかぎこちない。フレンドリーすぎて困る時もあったけど、急に改められるとちょっと寂しい。でも、仕方ないのかな……。

態度が変わったのは、菅野さんだけじゃなかった。部長がわざわざ席に来て『副社長によろしくお伝えください』と言ってきたり、印刷しようとプリンターの前に並んでいたら『お先にどうぞ』と順番を譲られたりした。

いろんな人からチラチラ見られたし、明らかに昨日とは違う扱いを受けた。

〝副社長と結婚すること〟がどれほど影響力のあることなのか、身に染みてわかった一日だった。


その日の夜、ふたりで夕食を食べていた時のこと。

「元気がなさそうに見えるが……今朝のこと、怒っているのか？」

隆弘さんは私の箸の進みが遅いことを気にしているみたい。とても心配そうだ。

「いえ、怒ってないです。ただ、いろいろ考えてしまって」

「いろいろ、とは？」

「結婚したあと、今の仕事を続けるのか、やめるのかって……。今日『寿退社だね』って言われて初めて、今後のことを何も考えていないことに気がついたんです」

私が話している最中に、隆弘さんはいったん箸を置いた。おかずが冷めちゃうかな、食後に話せばよかったかなと気になってしまう。

「俺は美緒がしたいようにすればいいと思うぞ。自分がどんな時に充実しているのか、幸せだと感じるのか考えてみるといい。どんな答えでも、応援すると約束する」

「隆弘さん……ありがとうございます」

彼の温かい気持ちが嬉しい。優しく見つめてくれる瞳が愛おしい。改めて、私にはもったいない人だなと思う。

「さあ、冷めないうちに食べるとするか。今日は食後のデザートもあるからな」

「はい、とても楽しみです！」

今日は隆弘さんが、お土産にケーキを買ってきてくれた。

彼の好きなショートケーキと私が好きなガトーショコラ、チーズケーキとシュークリームもあった。

きっと、今朝のお詫びに買ってきてくれたんだろう。

ご飯を食べ終わり、食器を片づけたあとはケーキとコーヒーを用意した。リビングでテレビを眺めながら、甘くてほんのり苦いガトーショコラを嗜む。

頭の中ではずっと『どんな時に充実しているのか、幸せだと感じるのか』を考えていた。

真っ先に思い浮かんだのは、私のご飯を『美味しい』と嬉しそうに食べている隆弘さんの顔だった。彼のために心を込めて料理する時間が幸せ。片づけが苦手で手のかかる人だけど、お世話できることが嬉しい。隆弘さんの洗濯物をたたむ瞬間、なぜか愛おしさを感じる。

仕事で少しずつできることが増えるたびに達成感を覚えて、日々充実していると思う。憧れていた企業に就職できた自分が、誇らしいとも思う。けれど、私が一番幸せだと感じる時間は、間違いなく隆弘さんのことを想っている時だ。

「隆弘さん」

「どうした？　ショートケーキも欲しいのか？　仕方ない、苺もつけてやろう」

そんなつもりで呼んだわけじゃなかったから、間抜けな返しに聞こえて笑ってしまった。隆弘さんの真剣な表情がなおさら面白い。

「違いますよ。苺は食べてくださいね。楽しみに取っておいたんでしょう？」

「そうか？　なら遠慮なく。……それで、何を言おうとしたんだ？」

苺をほおばる隆弘さんの顔を、まっすぐに見つめる。

「私は、隆弘さんのために生きることが幸せです。仕事を辞めて、隆弘さんのために自分の時間を使っていきたいです」

にっこり微笑んで伝えると、隆弘さんは私の髪を優しく撫でた。

「本当にいいのか……？　ありがとう。美緒の気持ちは充分に伝わっているよ。心のこもった家事を見ればわかる」

「それを聞いて安心しました。隆弘さんはいつも心配しているから、気持ちが伝わっていないんじゃないか不安だったんです」

「それは違う。どんなにお前が愛情表現してくれたって心配になる。愛しくてたまらないんだ」

隆弘さんは、私の髪に何度も口づけを落とした。

「こんな気持ちになるのは、生まれて初めてだよ」

「隆弘さん……」

私を見つめる彼の瞳は、愛に満ち溢れていた。ふたりの顔が少しずつ近づき、唇が重なる。

何度も角度を変えてキスをされ、舌が絡め取られる。ずっとお預けになっていた大人のキス。もう何度もしているのにいまだに慣れない。全身の力が抜けてしまいそうになる。

今日のキスが格別に甘く感じるのは、ショートケーキのせいなのかな。

「俺のせいで、いろいろ悩ませてしまったみたいでごめんな。お詫びに今日は美緒が眠りにつくまで、そばにいてやるよ」

「い、いいですよ。それに、平日は別々の部屋で寝るって約束じゃないですか！」

プロポーズを受けたあと、私と隆弘さんはひとつになった。ホテルからマンションに帰ったあと、隆弘さんに『今日から一緒に寝よう』と誘われて、彼の部屋で寝ることにしたけど、一睡もできなかった。彼が隣に寝ているだけで意識してしまって、苦しくなるほど胸が高鳴ってしまう。

　これでは仕事に支障をきたすと思った私は、隆弘さんに『一緒に寝るのは土日だけ』と提案した。あれから少しずつ眠れるようになったけど、ひとりで寝る時に比べると寝つきが悪い。

「もう婚約者なんだから、毎日一緒に寝たっていいだろう」

　隆弘さんは受け入れてくれたけど、時々拗ねた子どものように文句を言ってくる。

「週末までダメです！」

「ケチだな。……じゃあ百歩譲って、一緒に風呂に入るっていうのはどうだ？」

「そんなの、もっと無理に決まってるじゃないですか！」

　私の反応が予想通りだったのか、隆弘さんは声を出して笑っていた。

「顔を真っ赤にさせて、美緒は本当にウブだな。そんなところもたまらなく愛おしい」

　隆弘さんは、まるで壊れ物に触れるかのように、優しく私の頬に触れた。

「一生俺のそばから離れるなよ」

「絶対に離れることなんてありませんよ」

　ふたりの愛を確かめるように、触れるだけの優しいキスをした。

婚約発表を終えて、初めての週末。

眩しい朝陽に瞼を刺激されて目を覚ますと、隣に隆弘さんの姿はなかった。

もう起きているのかな？　珍しい。いつもは私のほうが早く起きて朝ご飯の支度をするのに。

隆弘さんの寝室を出て、洗面所に行くためにリビングを通ると、彼の珍しい姿が目に入った。

「美緒、おはよう」

「おはようございます。……って、どうしたんですか？　エプロンをつけてキッチンにいるなんて」

流し台で手を洗っている隆弘さんのそばに駆け寄ると、調理台におにぎりが六つほど置かれたお皿があることに気づく。おにぎりはコンビニで売られているものよりも少し大きいサイズで、ちょっといびつだけど、ちゃんと山の形に握られている。丁寧に海苔まで巻いてあった。

「たまには、俺が朝ご飯を作ろうと思ってな。結局おにぎりしか作れなかったが……」

隆弘さんによると、朝ご飯の献立を考えるにあたって、事前に葵衣くんに相談したらしい。葵衣くんからは『包丁は絶対使わないで。卵焼きや味噌汁は多分無理。お兄ちゃんはおにぎりしか作れないと思う』と厳しいコメントをされ、渋々従ったそうだ。

「もっといろいろ作れたらよかったんだが、ごめんな」

しゅんとする隆弘さんはなんだか可愛くて、朝から母性本能をくすぐられてしまった。撫で撫でしてあげたくなる。

「おにぎり大好きなので嬉しいです！　でも、どうして朝ご飯を作ろうと思ったんですか？」

手を洗い終えた隆弘さんは、身体の向きを変えて私と向かい合った。

「それは……俺のせいでいろいろ考えさせてしまって、悪いことをしたと反省したからだ。婚約したことをあんなかたちで報告したから、余計な注目を浴びてしまったんだろう？　罪滅ぼしというわけではないが、お前のために何かしてやりたいと思って朝ご飯を作ってみたのだが……なかなかうまくいかないな」

椿さんは落ち込んでいるのか、浮かない顔をしている。

周りの態度が変わったことなんて話していなかったのに、隆弘さんは気づいていたんだ。別に隆弘さんのせいじゃない、いつかこうなる日はやってきたはずだ。

自分を責めているから、表情が曇ったままなの……？　隆弘さんが私のためにキッチンに立ってくれただけで死ぬほど嬉しいのに。

「隆弘さんの優しさに涙が出そうです。本当にありがとうございます」

私は自ら隆弘さんの胸に顔をうずめた。両腕を彼の背中に回して、ぎゅっと抱きしめる。

「美緒……」

私の気持ちに応えるように、隆弘さんは長く逞しい腕で私を包み込む。

「周りのことなんて気にしていません。私にはあなたがいる、それだけで強くなれるから」

「俺の妻は、世界一、いや宇宙一、最高の女だよ」

「私の旦那(だんな)様こそ、宇宙一、最高にカッコよくて素敵な方ですよ」

お互いのことを褒め合いながら、しばらくキッチンで抱き合っていた。

隆弘さんが作ってくれたおにぎりは少ししょっぱかったけれど、梅干しや昆布(こんぶ)、鮭(さけ)といろいろな具が入っていた。何より、彼の愛がこれでもかっていうくらいに詰まっていたから、今まで食べたおにぎりの中で一番美味しかった。

私が最も幸せを感じるのは、隆弘さんと一緒にいる時、彼のことを考えている時、彼のために何かしている時だと改めて思った。

隆弘さんのために、今以上にお部屋を綺麗にして、もっと手の込んだ料理を作ってあげたい。胸を張って彼の隣を歩けるように、心身ともに磨いていきたい。自分の気持ちにもう迷いはなかった。

私は、隆弘さんのためだけに生きていきたいんだ。

END

あとがき

はじめまして、滝沢美空と申します。このたびは本作品をお手に取っていただき、誠にありがとうございます。

私がこれまで物語を書いてきた中で、椿さんは一番好きなヒーローです。イケメンで仕事人間なのに、家では家事ができないダメダメさん……可愛くて仕方ありません（笑）。『お世話してあげなくちゃ！』と思っちゃいますね。セレブなのに、とある定食屋の味をこよなく愛しているところも好きです。ヒーローはカッコよくてなんぼだと思いますが、たまにはこういうヒーローがいてもいいのではないでしょうか。皆さんは椿さんのこと、どう思われましたか？　中には『不潔、幻滅した』と思われた方もいるかもしれませんね（笑）。少しでもときめいていただけたら幸いです。

ヒロインの美緒も真面目で家庭的なところが好きです。意見をはっきり言える子なので、最終的に椿さんを尻に敷いてしまうかもしれません。『これから美緒は仕事を続けるのだろうか』と気になっていたので、その後のお話を書き下ろさせていただくことができ、嬉しかったです。

ふたりの結婚式はきっと豪華なんだろうな、と新しい想像に胸を膨らませてしまいます（笑）。椿さんの両親と葵衣くんも出席して幸せな式になると思います。

ちなみに葵衣くんも好きなキャラで、葵衣くんだけで違う物語を書こうかなと考えていたくらいです。女の子みたいに可愛いけれど男なので、油断すると危ないタイプですよ（笑）。

かなと思います。家庭環境が複雑だったというのもあり、実は人に心を開かないタイプいのかもしれません。女の子に対しては特にそうで、今までちゃんとした恋愛をしていな幸せになってくれると思います。それでも椿さんと美緒のように、いつかは真実の愛を見つけてされるキャラクターになっていたら嬉しいです。三人をはじめとしたすべての登場人物が皆さんに愛（中垣も含めて……）。

最後になりますが、スターツ出版の皆様、説話社の加藤様、額田様、三好様、素敵なイラストを描いてくださった野月真名様、本作品に携わっていただいたすべての方にお礼申し上げます。また、この文庫をお買い上げいただいた読者様、WEB版をご覧いただいた読者様に心から感謝いたします。

滝沢美空

滝沢美空先生への
ファンレターのあて先

〒104-0031
東京都中央区京橋1-3-1
八重洲口大栄ビル7F
スターツ出版株式会社　書籍編集部　気付

滝沢美空先生

本書へのご意見をお聞かせください

お買い上げいただき、ありがとうございます。
今後の編集の参考にさせていただきますので、
アンケートにお答えいただければ幸いです。

下記URLまたはQRコードから
アンケートページへお入りください。
http://www.berrys-cafe.jp/static/etc/bb

冷徹副社長と甘やかし同棲生活

2018年1月10日　初版第1刷発行

著　者	滝沢美空 ©Miku Takizawa 2018
発行人	松島 滋
デザイン	カバー　菅野涼子（説話社）
	フォーマット　hive & co.,ltd.
校　正	株式会社　文字工房燦光
編　集	加藤ゆりの　額田百合　三好技知（すべて説話社）
発行所	スターツ出版株式会社 〒104-0031 東京都中央区京橋1-3-1　八重洲口大栄ビル7F TEL　販売部　03-6202-0386（ご注文等に関するお問い合わせ） URL　http://starts-pub.jp/
印刷所	大日本印刷株式会社

Printed in Japan

乱丁・落丁などの不良品はお取替えいたします。
上記販売部までお問い合わせください。
定価はカバーに記載されています。

ISBN 978-4-8137-0382-2　C0193

『強引な次期社長に独り占めされてます！』

佳月弥生（かげつやよい）・著

地味で異性が苦手なOL・可南子は会社の仮装パーティーで、ひとりの男性と意気投合。正体不明の彼のことが気になりつつ日常に戻るも、普段はクールで堅物な上原部長が、やたらと可南子を甘くかまい、意味深なことを言ってくるように。もしやあの時の彼は…!?

ISBN978-4-8137-0365-5／定価：本体640円＋税

ベリーズ文庫
好評の既刊

書店店頭にご希望の本がない場合は、書店にてご注文いただけます。

『溺愛CEOといきなり新婚生活!?』

北条歩来（ほうじょうあゆら）・著

OLの花澄は、とある事情から、見ず知らずの男性と3カ月同棲する"サンプリングマリッジ"という企画に参加する。相手は、大企業のイケメン社長・永井。期間限定のお試し同棲なのに、彼は「あなたを俺のものにしたい」と宣言！　溺愛される日々が始まって…!?

ISBN978-4-8137-0366-2／定価：本体630円＋税

『極上な御曹司にとろ甘に愛されています』

滝井みらん（たきい）・著

海外事業部に異動になった萌は、部のエースで人気NO.1のイケメン・恭介と席が隣になる。"高嶺の花"だと思っていた彼と、風邪をひいたことをきっかけに急接近！　恭介の家でつきっきりで看病してもらい、その上、「俺に惚れさせるから覚悟して」と迫られて…!?

ISBN978-4-8137-0362-4／定価：本体630円＋税

『過保護な騎士団長の絶対愛』

夢野美紗（ゆめのみさ）・著

天真爛漫な王女ララは、知的で優しい近衛騎士団長のユリウスを恋慕っていた。ある日、ララが何者かに拉致・監禁されてしまい!?　命がけで救出してくれたユリウスと想いを通じ合わせるも、身分差に悩む日々。そんな中、ユリウスがある国の王族の血を引く者と知り…？

ISBN978-4-8137-0367-9／定価：本体630円＋税

『副社長と愛され同居はじめます』

砂原雑音（すなはらのいず）・著

両親をなくした小春は、弟のために昼間は一流商社、夜はキャバクラで働いていた。ある日お店に小春の会社の副社長である成瀬がやってきて、副業禁止の小春は大ピンチ。逃げようとするも「今夜、俺のものになれ」――と強引に迫られ、まさかの同居が始まって…!?

ISBN978-4-8137-0363-1／定価：本体630円＋税

『伯爵夫妻の甘い秘めごと　政略結婚ですが、猫かわいがりされてます』

坂野真夢（さかのまむ）・著

没落貴族令嬢・ドロシアの元に舞い込んだ有力伯爵との縁談。強く望まれて嫁いだはずが、それは形だけの結婚だった。夫の冷たい態度に絶望するドロシアだったが、あることをきっかけに、カタブツ旦那様が豹変して…!?　愛ありワケあり伯爵夫妻の秘密の新婚生活！

ISBN978-4-8137-0368-6／定価：本体630円＋税

『俺様Dr.に愛されすぎて』

夏雪なつめ（なつゆき）・著

医療品メーカー営業の沙織は、取引先の病院で高熱を出したある日、「キスで俺に移せば治る」とイケメン内科医の真木に甘く介抱され告白される。沙織は戸惑いつつも愛を育み始めるが、彼の激務続きですれ違いの日々。「もう限界だ」と彼が取った大胆行動とは…!?

ISBN978-4-8137-0364-8／定価：本体630円＋税

ベリーズ文庫 2018年1月発売

書店店頭にご希望の本がない場合は、
書店にてご注文いただけます。

『冷徹副社長と甘やかし同棲生活』

滝沢美空・著

OLの美緒はワケあって借金取りに追われていたところ、鬼と恐れられるイケメン副社長・椿に救われる。お礼をしたいと申し出ると「住み込みでメシを作れ」と命じられ、まさかの同棲生活が開始！　社内では冷たい彼が家では優しく、甘さたっぷりに迫ってきて…!?

ISBN978-4-8137-0382-2／定価：本体620円+税

『婚約恋愛～次期社長の独占ジェラシー～』

若菜モモ・著

OLの花菜は、幼なじみの京平に片想い中。彼は花菜の会社の専務&御曹司で、知性もルックスも抜群。そんな京平に引け目を感じる花菜は、彼を諦めるためお見合いを決意する。しかし当日現れた相手は、なんと京平！　突然抱きしめられ、「お前と結婚する」と言われ…!?

ISBN978-4-8137-0383-9／定価：本体630円+税

『御曹司による贅沢な溺愛～純真秘書の正しい可愛がり方～』

あさぎ千夜春・著

失恋をきっかけに上京した美月は、老舗寝具メーカーの副社長・雪成の秘書になることに。ある日、元カレの婚約を知ってショックを受けていると、雪成が「俺がうんと甘やかして、お前を愛して、その傷を忘れさせてやる」と言って熱く抱きしめてきて…!?

ISBN978-4-8137-0379-2／定価：本体640円+税

『公爵様の最愛なる悪役花嫁～旦那様の溺愛から逃げられません～』

藍里まめ・著

孤児院で育ったクレアは、美貌を武器に、貴族に貢がせ子供たちのために薬を買う日々。ある日視察に訪れた公爵・ジェイルを誘惑し、町を救ってもらおうと画策するも、彼には全てお見通し!?　クレアは"契約"を持ちかけられ、彼の甘い策略にまんまと嵌ってしまって…。

ISBN978-4-8137-0384-6／定価：本体650円+税

『強引社長といきなり政略結婚!?』

紅 カオル・著

喫茶店でアルバイト中の汐里は、大手リゾート企業社長の超イケメン・一成から突然求婚される。経営難に苦しむ汐里の父の会社を再建すると宣言しつつ「必ず俺に惚れさせる」と色気たっぷりに誘い汐里は翻弄される。しかし汐里に別の御曹司との縁談が持ち上がり!?

ISBN978-4-8137-0380-8／定価：本体620円+税

『気高き国王の過保護な愛執』

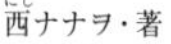

西ナナヲ・著

没落貴族の娘・フレデリカは、ある日過去の記憶をなくした青年・ルビオを拾う。ふたりは愛を育むが、その直後何者かによってルビオは連れ去られてしまう。1年後、王女の教育係となったフレデリカは王に謁見することに。そこにいたのは、紛れもなくルビオで…!?

ISBN978-4-8137-0385-3／定価：本体640円+税

『溺甘スイートルーム－ホテル御曹司の独占愛－』

佐倉伊織・著

高級ホテルのハウスキーパー・澪は、担当客室で出会った次期社長の大成に「婚約者役になれ」と突如命令されパーティに出席。その日から「俺を好きになりなよ」と独占欲たっぷりに迫られ、大成の家で同居が始まる。ある日澪を蹴落とそうとする銀行令嬢が登場し…!?

ISBN978-4-8137-0381-5／定価：本体640円+税